近くて遠い国への手紙

懺悔の心より

黒沢輝美

JN060223

文芸社

正樹と出会った時はこんなスタイルでした。
ただし、この写真50歳の頃です。帝国ホテル、ディナーショーにて

今の私。
この写真見て、まだ週刊誌の表紙から抜け出てきた
みたいって、言ってくれるかしら

ユウと出会った時。
こんなスタイルだったと思う。50 歳のときの写真です。
真ん中の帽子をかぶってるのが私です。千葉県成田のお祭りで芳枝さんが写しました

旅行にて

不思議な引力
人口の多い東京で
異なる場所で職業も別々
深く縁があった人
熊本・ユウ
大分・鶴田
福岡・正樹
九州の方だけに集中

人口の多い東京で、不思議な引力で引き寄せられた
異なる場所で生まれ育ち、職業もさまざまだった
深く縁があったのは、熊本県のユウ、大分県の鶴田さん、福岡県の正樹さん
九州の人が多かったのは不思議だった

Contents

一章

未熟な二人

二十歳の頃

現在「アレクサー」と声をかければ音楽が流れ、腕にはアップルウォッチ、座ったままで電話をかけて、なんと便利なことでしょう。

そういうものが何もなかった時代、まだ貧富の差が大きかった。でも、人々の働くエネルギーが活気に満ち溢れていて、心も豊かなそれなりにいい時代だったように思う。昭和という電車に乗って、失敗だらけの青春時代へタイムスリップしよう。

ロマンチックな心を持ち、好奇心が強く自我の強い少女が主人公。


時代とともに、とても便利に、景色が移り変わっても、人の想いはそんなに変わらない。ある日、夢を見てしまい、遠い昔に記憶をたどりながら昭和の青春時代へタイムスリップ。映画の撮影のフィルムが回ってるかのように、一コマ一コマ、鮮明に現実のごとく記憶がよみがえってきました。

西武新宿線の沼袋での生活。

私は、二十歳。好奇心旺盛で、毎日胸がわくわく、るんるんの日々で、美容学校へ通っている。可愛いより、チャーミングがピッタリねって、もてはやされていた。

美容学校で、二人のお友達ができた。

一人は埼玉の鶴瀬の橋本さん、もう一人は、日暮里の綾女ちゃん。授業が終わった後、それに休みの日とかに、日暮里によく遊びに行ってたね。その頃の駅前は広場になっていて、噴水があり、そこのすぐ近くに綾女ちゃんの家があって……。

「綾女ちゃん、帰ってますか」と聞くと、
おばさんが、「あ、輝ちゃん。綾女はまだ帰ってないけど、じきに帰ってくると思うよ。ところで夕飯すんだの？」と言う。

「まだです」

「じゃ、たいしたおかずはないけど食べますか」

「はい、いただきます」という具合で、遠慮もしないで、いつもご馳走になっていた。

綾女ちゃんのおじさんも、おばさんもやさしい人だったので、おばさんとよくお話をしていた。そのうちに綾女ちゃんが帰ってきて、「泊まっていったら」とおばさんに言われ、その日は一泊して、次の日は二人で銀座へ。銀巴里（有名なシャンソン喫茶）で歌を聴きながらコーヒーをいただき、ゆったりとした時間を過ごしていました。その後、デパートで洋服を見たり買ったり、食事したり、最後は銀座をプラプラとあっちへ行ったりこっちへ行ったり、本当によく銀座へ遊びに行きました。

沼袋へ綾女ちゃんが泊まりに来る時は、決まって新宿へ洋画を見に行き、あの頃の映画はとても印象に残っている。名画が多かった。

ソフィア・ローレンの『ひまわり』を見たずっと後でのこと、なぜかトルストイの『戦争と平和』の本を買って確か上・中・下と読んだが、ちょっと難しかった。いつかもう一度読もうと思う。大切にしまっておこう。

ある時、綾女ちゃんから見たい映画につきあってと言われた時、「その映画好きでないから、一人で行って」とつき放すような言い方をしてしまった。「いつもつきあってあげてるのに」と言われ、初めて、綾女ちゃんは今まで我慢してたんだと思った。気がつかなくて、ごめん。これからは遠慮しないで言ってね。

私は未熟児で生まれ、食べものにしても洋服にしても好き嫌いが激しく、また人の好き嫌いも激しく、とても自我の強い子供だったたと思う。

日暮里の綾女ちゃんと友達になってから、大きく私の性格が変わっていった。明るさだけは生まれつき。本当に自我が強く用心深くて、でも、いろいろな所に遊びに連れて行っていただいたのも必要だったと思う。

少しずつ角が取れていって、たくさんの友達もできて、なにげない会話の中でもまれ、やわらかくなったと思う。ただ楽しく遊んでいるだけではなくて、反省をしたり、より良い明日を過ごせることを考えたりで、こうして少しずつ成長していったんだね。

私にはたくさん気がつかないこともあるから、友達に言ってほしい。「そんなふうにしないほうがいいよ」って。

自分では分からないから、多分わがままなのかもしれない。

綾女ちゃんとはとても気が合って、「大切なお友達だからね。まだ発展途上だからね。お互いになんでも話していこうね」なんて言い合って、毎日楽しく過ごしていた。

そんな、ある日の午後、沼袋で、スラーッとして、シュッとした格好いい青年に声をかけられた。

「ドレメへ行ってるの？　それとも文化服装学園へ行ってるの？」と聞く。

その時は一人だったので、「ああ、どうしよう」と思った。そこを通らないと、住んでいるアパートへ行けないので困った。青年も近くに住んでいるみたい。私は無視することにした。


その頃、綾女ちゃんとは別に、立教大学の学生達に、青山に六本木と遊びに連れて行っていただいてたし、男女ともにたくさんのお友達ができていた。お友達にならないように、気をつけよう。

本当にいろいろな所へ出掛けて遊んでいた。

歌を聴きに行けば、歌手の方に楽屋に呼ばれて遊びに連れて行っていただいたり、自宅にも何度か呼ばれた。行ってみれば、歌手の方はピアノの先生をしていた。もちろん女性の方です。その後、名前を聞かなかったので、歌手としては売れなかったんだと思う。

袖振り合うも他生の縁という。

「うちの会社、大変なんですって」と困った顔してた立教の学生さん。「コマーシャルやってるのに?」「うん」「私はあなたの話を聞いてあげるしか考えもつかないしね」という会話をしたけれど、でも、その会社は現在もあって、良かった。私も友達も、あなたの会社の製品を使っている。良かったですね。

また、立教の学生さんで、顔見知りというだけなのに、冗談にしても真剣な顔して、「アメリカへ留学するんだけど、一緒に行ってくれない?」と。ぷっとふきだし、笑ってしまって、ごめんなさい。大きな工場の息子さんだったね。若いっていいね。

私は言いたい放題だから、どこへ遊びに行っても、すぐお友達ができてしまう。青学の森口君は、色白でなよっとしていて、学校の先生になるって熱く語ってたね。なれたかしら?

法政の秋山君にはアルバイトの話を新宿御苑で聞かされたけれど、ショックなアルバイトだった。私は若かったので聞きたくない話もあって、何も経験してないけれど、耳だけはダンボになっていた。

ウフフの男友達。

何度もジャズを聴きに行き、府中の方と新宿で待ち合わせた。その日も、ジャズを聴きに行くことになっていて遅刻しそうなので、相手の自宅に電話をかけたところ、とても上品な声で、「もう家を出ました」と言われた。ああ、急がなければ遅れちゃう。急いで電車に乗り、新宿に着いて歩いていると、交番のおまわりさんが、「高校生が学校へ行かないで、遊んでいてはいけない」と。「ちょっと」と言われ、交番に連れて行かれてしまった。待ち合わせをしていて時間がないこと、それに高校生ではないことをいくら言っても相手は聞く耳もたず。持ち物を全部出しても身分を証明するものも持ってないし、なんだかんだと調べられ、終わってから待ち合わせの場所へ行った時は、もう相手はいなかったのでそれっきりになった。

私はただ、好奇心が強いだけ。お友達は心配していた。でも、ご安心を。見た日と違って、とても用心深いから。

ある日、綾女ちゃんが泊まりに来るので夕飯の支度の買い物をして、部屋に帰ろうとした時、沼袋の青年に、また会ってしまった。どうも家庭教師をしていて、勉強の後、男の子とキャッチボールをしていたみたい。また、話しかけてくる。ほとんど聞こえないふりして通り過ぎていたのに、それからも同じことのくり返し。「文化服装学園へ行ってるの?」と。

おしゃれして、るんるんと華やかに遊んでいたので、目立ったのかもしれない。女性のお友達には住んでいる所を教えるけど、男友達にどんなにしつこく聞かれても、一度も教えたことはなかった。

沼袋の青年は、住まいが近すぎるから親しくならないほうがいいと思い、返事をしませんでした。

そんなある日、相変わらず、彼は男の子とキャッチボールをしている。そこを通り過ぎようとした時、キャッチボールの球を私にぶつけて、「ごめん、ごめん」って謝って。わざととしか思えなかった。

「駅前の喫茶店でケーキとコーヒーご馳走させて下さい」

「いいです、いいです。怪我もしてないからいいです。本当にいいです」

それが初めてのユウとの会話だったよね。あまりの熱心さに、つい「はい」って返事してしまった。

あれだけ拒否してたのに、結局駅前の喫茶店に行き、ケーキとコーヒーをご馳走になってしまった。

熊本県の出身で、中央大学の学生さんだった。

ホテルマンになりたくて、語学の勉強もしていると、いろいろ自分のことを語った。

「ごめんなさい、住んでる所が近すぎるから、親しくなりたくないから」と思いつつ、とてもさわやかな印象を持った。それにとても格好のいい青年。私にしつこくしなければだけど。その後、マージャンをやっていたお友達の所へ連れて行かれ、勝手に紹介されて。

岡山県の何々です。僕は、静岡県の何々ですと同じ大学のお友達のようでした。

私は軽く会釈しただけでした。

「ごめんなさい、ちょっと待って下さい。おつきあいするつもりありません。これから友達が来るので、夕飯の支度があるから帰ります。さようなら。ケーキとコーヒー、ご馳走さまでした」と言って帰った。

見た目はとてもさわやかなのに、しつこい人なのかしら。今度会った時、どうしよう、知らないふりはできないし、さらっと挨拶だけして、足早に通り抜ければいいかも、と考えた。

私に恋したユウ

沼袋の駅のせまい周辺に、ユウも私も住んでいたので、心配していた通りにユウと顔を合わせることも多くなり、短い会話もするようになっていった。私はまだ自由にいろいろなことや冒険をしてみたいのに、自然の成りゆきなのか、わざとなのか、ユウは私の周りをウロウロしていて、いつの間におつきあいしていた。

そのうちに友達の秋代も沼袋に引っ越してきて、秋代とも仲良くなり、ユウはとても幸せな顔してたね。そんなユウを放っといて、相変わらず歌を聴きに行ったりで、一度もユウのこと、さそわなかったね。

よく食事は一緒に行ってて、お寿司屋さんへ連れて行ってくれた時、店主の方に「学生やってないで、俳優になれば？」と言われてたね。

うれしそうでもなかった。ホテルマンになるのが夢だったので勉強もしてたね。ボールをぶつけられたあの日から、長い年月、沼袋でユウと、淡々と青春を過ごしてきたね。

ユウの学生生活も終わり、やがて就職の時期になり、忙しくなってきたね。ホテルマンになりたいという夢を抱き、勉強をしていたのを私も見ていた。なのに、なれなくて残念。私に落ちこんだ姿を見せなかったけど、多分悔しかったと思う。落ちこんだ姿を見せれば、抱きしめてあげるくらいはできたのに……。良いところだけ見せようとしてませんかって言いたかった。自然のままでいいのに。

気持ちを切り替えて、一般企業に就職が決まったあの時、赤坂の喫茶店で待っていて、二人で喜んだ。レストランで食事をして、自分のことのようにうれしかった。

純粋で、さわやかなユウに対して、多分私は冷たかったと思う。だって、いつもお友達が泊まりに来ていたから。

「まり」も、その中の一人で、振り袖を着て泊まりにきて、次の日、なんとか四苦八苦しながら着つけをしてあげた。彼女の家は千歳烏山なので、そこまで送って行き、一泊して彼女の家で遊んで、夜帰ってきた。

ただ、まりとは、どこで知り合ったのか全然覚えていない。今、昔々を思い出し、どうも、まだ原宿が細い道でごちゃごちゃしていて、安い洋服やアクセサリーの店が道路の左右にたくさん並んでいて、今みたいに美しくない原宿によく綾女ちゃんと遊びに行ってた時、お友達になったんだと思う。私は誰にも魔法をかけていないのに。いろいろな所に遊びに行くそのたび、お友達ができていく。人見知りだったはずなのに、人間もこうやって変わっていくものなのかもしれない。

沼袋へ引っ越してきた秋代のお姉さんが、アメリカ兵と結婚しているので、好奇心旺盛な私は、「ねえ秋代ちゃん、お姉さんの所へ遊びに行こう」とけしかける。遊びに行く日が決まると、見たことがない基地に、どんな所だろうと胸わくわく。そして、ゲートをくぐり、ベースキャンプに芝生が広がり、そこに小さな一軒家。二階だての、外国の映画に出てくるような家に住んでいました。

秋代は体の大きい人なのに、お姉さんは私のように小柄な人。ご主人は若くてアメリカ人、当たり前だけど色白。ご主人が帰ってくると、自分の靴や洋服などをきちんと整理しているのを見て、日本の男性も見習ってほしいと、あの時思った。

外国の映画に出てくるようなお風呂に入り、その晩は秋代と一緒にベッドで眠る。朝食は、大きなグラスにオレンジジュースとハンバーグ。日本のとは違ってパサパサしていないし、脂こくない。四人で朝ご飯をいただき、ご主人は出勤。

私と秋代も、またゲートをくぐり、日本へ帰ってきたって感じ。

何度も遊びに行かせてもらった貴重な体験だった。

遊びもするけど勉強もする。高田馬場に勉強に行って、一人でいつも同じ場所でお昼を食べていたので、自然と早稲田大学の学生と一緒になる。

いつも本の話題で話していた人が、本を貸してくれることになり、代々木上原の彼のアパートへ。玄関で受け取ればいいのに、昼だからと軽く考えて、「部屋に入って」と言われ、油断して入ってしまった。とてもきれいに整理されていてたくさん本があり、親切にお茶を入れてくれた。それを飲もうとした時、おそわれそうになり、そばにあったもので手当たりしだいにメチャメチャにたたいて、逃げて帰ってきた。そんな感じの人ではなかったのに……。お昼は、いつも通り同じ場所で取ったが、彼はそれっきり姿を見せない。

素敵な美容院と出会い、そこでお仕事をすることになり、うきうき気分。美容師が八人くらいいて、一面の大きな鏡にお客さんの姿も映って、なんて素敵な所で仕事ができるというられしさもあり、皆とも仲良くなり、本当に毎日がとても楽しかった。お客さんが美しくなって喜んでいる顔を見ると、こちらもうれしくなるし、とても充実していた。社長は何軒も美容室を経営していて、時々見回りに顔を出す。

困ったことに、社長が来るたび、私だけお昼にさそわれる。

そのつどお断りしていたが、「プレゼントを買ってきたので、夜、アパートに訪ねて行くから」と。驚いた。

社長の娘さんも一緒に仕事していたので、いろいろ話を聞くと、結婚、離婚を何度もくり返してる人のようだった。

皆のいる所で言ってたので、冗談かとも思った。

でも、気持ち悪かったので、娘さんに夜、アパートに来てもらうことに。冗談であってほしいと願いつつ娘さんといろいろお話をしている時、社長が本当に来てしまった。

娘さんに出てもらい、二人は外でケンカしていて、私は考えてしまった。なぜ？特別に愛想良くした覚えがない。気を引くこともしていないのに。気持ち悪くなり怖くもなり、その職場をやめることにした。本当に皆とは仲良くなり、とても楽しかったのに。

こんなことがあったなんて、ユウには何も話さなかったね。しばらくの間、気分転換に綾女ちゃんと横浜地下街に、アクセサリーを見に行ったりして遊んでいたけど、もうそろそろと、次の美容院に面接に行った。でも、もっとひどかった。

もうすでに三人くらい技術者が面接していて、最後に私の番。すると、もうすでに決まってしまったと言われた。いろいろなお話をしているうちに、「二号になって」と言われた。何言ってるの、ここの社長。さっぱり意味が分からなかった。でも力ずくで迫ってきたので、「冗談でしょう。何するんですか」と、つき倒して帰ってきた。とても悲しくて、傷つき、「なんでなの。皆、結婚していて奥さんいるのに」と男性に幻滅を感じてしまい、結婚もしたくないと思った。もう美容師もやめると決めた。

この先、どうしようと思っている時、知人に頼まれた。「銀座にある商工会議所会館のエレベーターガールに人が足りないので、手伝って」と。はい、OKと、経験してみることにした。行ってみると、お姉さんのような先輩が一人いて、とても親切な方で良かった。二、三日後には、先輩からボクシングの選手の所へさそわれ、一緒に行ってみることに。初めてなので、どんな所なのか見てみたいとも思って、するめとか差し入れを持って行った。タイだったか、フィリピンの選手だったか覚えてないけど、食事もご馳走になった。大きなお皿に野菜が入って、ご飯が入って酸っぱいスープのようなご飯、初めての体験。

試合の観戦にも連れて行っていただいた。対戦相手は日本の有名な選手で、やはり外国の選手は負けてしまった。

そのお姉さんには、力道山のプロレス観戦にも連れて行っていただいたのに、詳しいことは尋ねなかった。でも、スポーツを応援している人だったのかもしれない。とても良い経験だった。

綾女ちゃんは、東京駅近くのビルの中にある美容室に勤務していたので、終わった後は綾女ちゃんと待ち合わせて食事をしたり銀座をブラブラ。若かったので数えきれないほどナンパされた。聞こえないふりしたり無視したり。笑っちゃうくらいに。

そんな時、ただ漠然と、なんとなくユウとこのままでいいのかと思い悩み、ユウも結婚すると、私に言い寄ってくるようなおじさんにいずれなるのかと、考えるようになってしまった。なにか不満があったわけでもないのに、私は沼袋から黙って引っ越してしまった。そのことが長い間、私を苦しめることになるなんて、その時は想像もしてなかった。

沼袋には長い間住み、思い出もたくさんあって、ユウとの出会いもそうだった。たくさんのお友達もでき、本当に、素のままに、遊びすぎるくらいに楽しい日々。引っ越しをきっかけに少し大人になろう、好奇心も控えめにして、と思った。

ごめんね、ユウ。さようなら。私、多分変わってる人だと思う。結婚に憧れてないから、良い人に出会ってね。

黙って引っ越したものの、やっぱりお別れの挨拶に行こうと思っていた矢先、ユウが訪ねてきてしまった。「どうやって捜したの？　少し落ち着いたら会いに行こうと思ってたのに。ごめんね」と謝るしかなかった。

引っ越しをきっかけに、ユウとも別れたかったのに、結局場所が変わっただけ。沼袋時代と同じことになった。

鳥取の敬ちゃんと行ったことのないゲイバーへ行ってみることに。初めてのことでいろいろ質問しすぎて、「あんた、嫁に行けないわよ」なんて、言われたっけ。よくもお酒も飲めないのにああいう場所に行けたと思う。でも、とても楽しいひとときだった。

一方で、敬ちゃんに、「ユウとどうなってるの」って聞かれても説明できない。「なんとなく」なんて言えないし。敬ちゃんに、「素敵な彼ね、うらやましい。輝美も輝いて見えるよ」って、言われたんだっけ。

その敬ちゃんは、しばらくしてから、やっぱり東京にはなじめないから鳥取に帰ると言い、本当に帰ってしまったね。

私はその時、田舎では暮らせない自分がいることに気がついてもいた。それに、一人でいたかったのに、半年も前と変わらない状態に。「ユウ、ごめんなさい。やっぱりこのままではいけないよ、今度は捜さないでね」と願いつつ、また黙って引っ越しすることに。

よく考えれば、別れる理由なんてなかったのかもしれない。

ユウも、何も言わないし、多分言葉が足りなかったね。

引っ越して落ち着いた頃、やっぱりユウに見つかってしまう。ここまで追いかけて来るとは想像もしていませんでした。

あまりにも引っ越しばかりで、お金の無心をするので、私の家族が心配になり、恐山《おそれざん》に拝んでもらいに行った話を後で知った。本当に実家には、生まれた時から心配ばかりかけて、申し訳ないと思っている。

私の家族

ランドセルを背負ったまま、母のお乳を吸っていたって笑われるくらい、甘ったれだったみたい。

私の母は、友達と旅行へ行き、そこで倒れて病院へ運ばれ、多分、二年近く入院して、亡くなって帰ってきた。

最後は母が会いたがっても、家族が私を母に会わせてはくれなかった。私は小学三年生。

姉の話によると、母はとても教育熱心で、母の実家には遊びに行きたくなかったそうだ。いとこ達が皆とても勉強していて、姉達は「ああして勉強するんだ」と見せられて、行きたくなかったって。一度、「勉強、嫌い」と言って、髪の毛を引っ張られたと口ぐせのように言っていた。

次兄は、私を特に可愛がってくれた。

その兄は背が高く、朝、おはようって起きてきた時はいつも、かもいに頭をぶつけて、鼻血を出していた。その兄も、母が亡くなって二年後には脳腫瘍で、この世を去ってしまいました。

病院に見舞いに行った時の姿は、今でも私の脳裏に焼きついている。頭を抱え、ベッドで痛い痛いと言っていた兄。大好きだった兄だったのに。

そして、とても仲の良いお友達も亡くなり、本当に、死について真剣に考えてしまった。後の好奇心やら、遊びにしても、ここでの経験が、一度しかない人生と向き合った結果、たくさんいい思い出を作ろうと、思ったに違いない。

それに、私も生まれた時から病気がち。母は病院に入院していても、私のことが頭から離れなかったようでした。でも、家族は母に私を会わせなかった。とてもとても会いたかったのに、大人は残酷だと思いました。

病弱で、好き嫌いが激しくて、母が亡くなってから甘える人がいないせいもあって、私はわがままを通していた。特に洋服にうるさかった。小さい時からおしゃれだった私。色が気に入らない、デザインが気に入らないとか言って、周りを本当に困らせていた。

人間の好き嫌いも激しかったと思う。でも、次兄はとてもやさしくて、可愛がってくれた。私のことが大好きだった兄は、俳優の岩城滉一さんによく似ていて、長男と姉二人は父にそっくり。父はハンサムな人。私は鼻が高くなくて、母そっくり。チビは私一人。そのせいもあり、年もすごく離れていたので本当に、甘やかされて育ってしまったようです。

でも、家族は口うるさく、世の中の常識としつけだけはきびしかった。

そんな環境で育っても、わがままは通してしまう。

私がまだ、小学生の時に兄姉達は結婚していた。でも、兄姉達は実家へ帰ってきては、ハンカチのアイロンのかけ方が悪いとか怒っていたのを思い出す。私だけ大雑把なので直せない。だから、口うるさく言ってたね。

そんなことを一人で考えていた。

ある夜の出来事

また、ユウが捜して来た。今度は会社の人を連れてきて、何を考え、何を思ってるのと聞きたい気分。しかたなく、なべ料理を作って三人で食べている時、会社の同僚が突然、「なぜ結婚もしてないのに」と私を強烈に批判した。本当にその通りと思う。そっくりその言葉、ユウに言って下さい。

はっきりしない私もいけないのかな。黙って引っ越してるんだから分かってほしかったのに。元に戻ればいいのか、はっきり別れましょうと言ったほうがいいのか、考えがつかないまま。

でも、綾女ちゃんにも言ってなかった。

私は相変わらず、東中野にもう一軒、巣鴨《すがも》の方にも洋服作ってもらいに行ったりしていた。コマ劇場にも遊びに行き、映画の照明担当になりたい人、踊りを練習してる人、それぞれに汗をかきながら夢に向かって練習しているの見て感動したり。照明担当になりたい人は北海道の方で、じゃがいもばかり食べて、今はとても貧乏だって。でも、夢があるから辛くないって。若い時って、お金のことを考えてたことないね。なんとかなってるし、特別に夢があったわけでもないのに。ただ、結婚も考えてなかった。ただそれだけで、ユウから逃げてばかりで、話もしないでごめんなさい。

若さだけのせいではない。

ふり返れば、父が危篤との知らせに病院にかけつけた時、父はピンピンしていた。「年の離れた末っ子だから可愛いはずだけど、あまりのわがままに振り回されて可愛くない」って医者に言ってたね（思わず、うふふと笑ってしまった）。

「明るくて可愛いでしょう？　心配しなくていい。わがままも身内だけ。他人には出してないから。そのくらいの常識はある」と心の中でつぶやいていた。

でもやっぱり、ユウに対して気配りも足りなかったし、人の気持ちが分かってなくて、それをわがままと言うのか、自分勝手なのか、少しずつ反省していた。

今度は、要町に引っ越した。女友達にも言わないでいるのに、まりも、いつも捜してくる一人で、千葉にお嫁に行ったはずなのにアルファロメオに乗って家出してきた。実家には帰らないで要町にしばらくいたね。私にとって、要町は特別。

「きちっとユウと話をして、はっきりした答えを出す覚悟を持っているの。まりうまくいってないの」

「うまくやってると思っていたのに」

「そう、卑怯な人は嫌いなのに、私がその卑怯な人になってるね」

と、まりと話した。

自分のことがよく分からなくなって、ユウを嫌うところはないのに、ただしばらく、そっとしておいてほしかっただけなのかもしれませんでした。


相変わらず、お友達二人が訪ねてきて、泊まっていく。

「じゃ三人でお買い物に行こう。夕飯何にする？」

そんな、たわいもない話をしながら夕飯をすませて、楽しい会話。もう夜も遅い時間に、ユウが捜しに来て、大変なことになってしまい、パニック。ユウには、私の友達が目に入らなかったの？　私も、あの場にいた友達の名前を思い出せないくらいのショックな出来事。

追いかけて捜して、なぜ、どうして、こんなことするの、とユウを嫌いになった瞬間。

黙って引っ越したことから、悲しすぎる最後になってしまいました。

ユウは当たり前に、私がそばにいると思ってたね。若かったせいもあるね。楽しい話ばかりで、いろいろなことが行き届かなくて、ごめんなさい。それに、こんなに私のこと好きでいてくれたことにも気がつかなくてごめんね。

一度だけお兄さんの勤務先を話していたのを覚えていて、エリートだと思った。考えに考えたつもり、迷惑かけたくないとも思った。でも、要町の件は許せなかった。なので一生、消えることのない影として。でも、すべて私が悪いとも思っている。分かっていてもどうしても許せなかったので、彼のお兄さんに助けを求めてしまった。

電話をしてしまい、新宿の伊勢丹近くの喫茶店で待ち合わせをして、「ユウさんにつきまとわれて困ってます。引っ越し貧乏になってます」と、ただそれしか言わなかった。

よく考えれば、ひどいよね。つきまとわれてるなんて。

ユウと、長い間は恋人同士だったので、皆から「輝いてる」なんて、うらやましがられていたのにね。

ユウのせいではないのに。あの時、気持ち悪いくらい、結婚している人に迫られていた。それも、一人、二人ではなかった。さそわれて、なぜ、どうして結婚したのって疑問に思うと同時に、ユウも結婚すると、こんな人になってしまうと思ってしまった。

本当に言葉足らずで、変なお別れになってしまい、未熟とはいえ本当に申し訳ないと思っている。

要町の事件は、ユウにとっても私にとっても、話すことも書くこともできません。

そのことは、ユウのお兄さんにも伝えなかった。

二人だけの秘密にするね。

もしあの世があって、逢うことがあったら、ユウに聞きたい。なぜあんなことしたのか聞かせてほしい。

私は一生脳裏から離れず、苦しむことになると思う。何十年過ぎても、悲しい思いが胸の奥に深く残っている。

全部私が悪いから、ユウを責めることはできない。

だから、よけいに苦しい。


お兄さんに、申し訳なかった。でも、とてもやさしい人のようだった。

ユウはとても格好いい青年。私に会わなければ良かったね。

何日かして、お兄さんに言われたのか、要町にユウが来て、泣いた。ユウの泣き顔を見て、心の中で「ごめんなさい、私が悪いんだ」と泣きたくなって。でも、グッとこらえた。

「君よりいい彼女を見つける。鎌倉に引っ越しする」と涙ながらに言った。今までずっと、私のことを好きでたまらなかったこと、そして追いかけてきたこと、そんなに好きだったこと。

なぜ、最後の最後に言うの？　ずるい。

今まで一度も、そんな言葉を言ったことなかったのに。胸が苦しくて、はりさけそう。懺悔の心と、感情の熱いものがこみあげ、泣きじゃくりながら。

ユウの最後の後ろ姿、一生忘れることができないことでしょう。

要町の事件は、私の脳裏にきざまれ、不安に思う。ユウと結婚していれば、こんなに悩まなくてよかったのかもしれない。

キャッチボールの球をぶつけられてから、三年も過ぎていた。あんなことまでして、私と恋人同士になりたかったんだと、気づいてあげられなかったこと、ユウは、愛情の表現をしてくれなかったよね。いつも、にこにこ笑顔の、私でも寂しかったんだと思う、貴男だけではないよね。とても自分の心の薄情さを今頃になって悲しく思っています。

ユウは、男だけの兄弟の一番下のせいか、言葉が足りなかったんだと思う。裏表もなくて、さわやかな格好いい青年。嫌いなところもなかったのに、なぜこうなってしまったのか、私にも分かってなかった。

ユウ、ごめんね。二人で少しでも肝心なことを話し合えば良かったのにね。ユウも私も甘えん坊、似たもの同士だったよね。

あなたも私も若かったせいもあるし、言葉が足りないのはユウだけではなかった。私も同じで、愛を育めなかったのは、私のせいでもあると思う。

好奇心旺盛な私は、ユウの愛を受け止めていなかったんだよね。そこから悲劇が始まってしまい、とり返しのつかないところまでいってしまった。

あの時は想像もしていなかった。

そして、ユウ――決して私を許してくれなかったね。

幸せになってはいけない私にしてしまった。

あまりにも要町が悲しい。そして、寂しい。ユウとの最後の場所になってしまい、やっぱりここにも住んでいられない。

ユウ、私のこと、ずっと許してくれなかったね。

どうか、ユウをやさしくしてくれる人に出会いますように。ずっと願っている。今となっては、私にできることはそれしかありません。

人生の勉強ができたアパート

今度は女友達と一緒に住んだほうがいいと思い、八戸出身の浩子さんと、豊島区の高松に引っ越しすることに。なんと浩子さんは宗教にはまり、寝ている時も拝んでいるので、ぐっすり眠ることができない。声が聞こえないので浩子さんを見ると、頭を下げたまま、拝みながら寝ているのだ。「浩子さん」と呼んで枕を投げると、ハッとして起きて、また拝む。なんとも不思議な光景だった。とても真似のできないことです。

浩子さんは、一度も食事の支度をしたことがない。私にも天ぷら食べさせてと言う。もちろん二人分作ってる—、仕事なのか、宗教にはまってるのか、池袋からアパートまで歩きで帰ってくるので、いつも夜遅い時間に帰ってきていたのもあったかもしれない。私も細かいことは聞かなかったし、ただ個性的な性格の人だった。

高松の大家さんは、変な人だった。浩子さんがいない時、夜訪ねてきて、気持ち悪かった。「奥さんは体が弱い」とか言って、何しに来るのかさっぱり分からない。もちろん、部屋に入れることは一度もしたことがない。でも、私に何か問題でもあるのかと悩んだ。自分のことは見えないから。男性にだらしないと見えたのかもしれない。そんなことは、まるで当てはまらないのに。

そう、見た目は、チャラチャラと遊んでるから。タンポポの綿毛のように、フワフワと飛行中。書ききれないほどの素敵な人との出会い、モテモテな私、うふふ。

高松は、大家さんが夜な夜な訪ねてくるので、浩子さんが八戸に帰ることになり、また、ここにも住んでいられない。

高松は短い期間だったけど、新築で美しい部屋だったのに、とても残念だ。一人では気持ち悪くていられないし、今度は大塚に引っ越した。一番安くて、部屋には申し訳程度の台所しかない。だんだん引っ越し貧乏になっていく。でもユウと別れてまだ何ケ月もたってないので涙が出る時もある。反省だらけ。

そんな時、東京駅にある大丸でネクタイフェアを手伝ってと言われ、デパートでのお仕事は初めてなので、ワクワク気分で引き受けた。デパートでのお仕事はとても楽しい。そこで本の好きな文代とお友達になった。文代は埼玉県坂戸の人で、家がちょっと遠いので、私のところに時々泊まっていく。

大塚のアパートでは、千葉の雪ちゃんと親しくなった。

もう一人、静岡の方で、お笑いの「いくよくるよ」のくるよさんに顔も体型もよく似たホステスさん。年齢は十歳ぐらい上で、この人とも仲良くなって、なかなか住みごこちは良さそう。

デパートのアルバイトも終わり、お金もないのに綾女ちゃんと青森、八戸の浩子さんの所まで遊びに行った。一緒に住んでいた時、一度も食事を作らなかったなぞがとけた。ご飯がおいしくなかった。何泊かしてる間、ご飯を作ることになって、相も変わらず浩子さんは宗教には熱心だった。

帰りにむつ市に行った時、太田幸司（ピッチャー）の甲子園準優勝のパレードに遭遇して、楽しかった。東京に帰ってきたのはいいけど、仕事を探さなくては。

一方で、大塚のアパートでは、大変な場面を見てしまった。ホステスさんに愛人がいて、時々通ってきていたのを、その人の奥さんに見つかってしまい、見てはいけないものを見た。人間って複雑なんだとも思った。私はまだ若かったので、いろいろなことがあることもまだ知らない。ユウのことでせいいっぱいだった。

時々、ホステスさんに「お客さんが来る時、妹役になって」と言われ、部屋で待っていたこともあった。彼女は株もやってたりして、もうかったからと言って、ふぐ料理を食べに連れてってくれ、「日頃、妹役になってくれるお礼だ」とか言っていた。最後に、とても真面目そうなお客さんに貢がせていることなど、全部聞かされる。いい人なのに、そんな話は聞きたくないし、知りたくない一面でもある。愛人関係も終わり、お金もできたし、静岡に帰ると言う。「お店を始めるから遊びに来てね。近くだし、観光地だから、ぜひぜひ遊びに来てね」の言葉を残してさようなら。

私は八戸から帰ってから赤坂のイベント会社でアルバイト。

以前から、医学生の男友達がいて、彼はさっぱりした性格で恋愛に発展しないタイプだから、安心して遊べる。同じ年だけど、私を妹のように思って、わがままを聞いてくれたね。

ある時、身内のふりして大学に電話をかけてしまい、さすがに怒られるかと思った。けど、そんなことなかった。でも常識のなさに、自分でも恥ずかしかった。

よく日帰りで箱根に一緒に行ったね。とっても楽しい人。「医者は大金持ちにはなれないけど小金持ちにはなれる」と言って、笑ってしまった。

職業とか、お金持ちとかで、結婚する人を選ばないから安心してね。それにユウのこと話してないから知るはずもないけど、私は遊びすぎで結婚にピンときてないし、結婚するかしないかも分からない。もし、憧れていたらユウと結婚してるし、こんな苦しい思いもしなくて良かったのに。


時々新宿の伊勢丹に行きます。

ああ……ここの喫茶店はユウのお兄さんに来ていただいたところ。私の話を聞いてくれた場所。二階だったので、そこを見上げながら、申し訳なく思い、通り過ぎていく。ユウの顔もスタイルも、まだ目に焼きついている。お兄さんの姿も一度きりだったけど、ぼんやりと覚えている。「年齢を重ねても、ユウが幸せに暮らしてるといいなあ」と一人想っている。

あまりにも勝手だったね。だから今でも胸の奥深く、傷として残っている。

ユウがいつも、「ドレメへ行ってるの？　文化服装学園へ行ってるの？」と声をかけてきたでしょう？

今も昔と同じ。オシャレしていて、ユウと会った時と何も変わってません。先日も清江ちゃん、栄子さんと三人で、オシャレして目黒までジャズを聴きに行ってきた。

沼袋の時もジャズを聴きに行ったのに、ユウのこと一度もさそわなかったこと、後悔していた。

後になって、何十年かぶりに清江ちゃんをさそって、沼袋に行ってみた。

清江ちゃんにユウのことを話してないので、ただ、昔ここに何年も住んでいたことだけ伝えて、いつも食べに行ってた場所に行ってみることに。店はまだあった。店主は何か言いたかったようでした。

後になって、一人で行けば良かったとも思った。

何かユウのこと聞けたかもしれなかった。

今さら聞いてどうするの？　分かっている。分かっていても、さわやかなユウをあんなことにしてしまった後悔は消せないでいる。

沼袋で「ユウ、元気？」って、素敵な笑顔で会いたかったね。

まだ鎌倉に住んでいるのでしょうか。

私よりも素敵な人に巡り合って、結婚して幸せに暮らしているのでしょうか。

ずっと、それを願って祈ってきました。

ユウ、本当に、ごめんなさい。

懺悔の心より

お茶目な輝美に
さわやかなユウ――
何ものにも替えがたい
楽しい、青春の思い出をたくさんくれたユウ――

このように書きたかった
あなたも、私も本当に言葉足らずだったね
格好いい青年を悪い人にしてしまいました
本当にごめんなさい、許して下さい

懺悔の心より

素のままに生きて

二章

濃密な初恋

とっても素敵な人

　こんなことを書くことになったきっかけは、青春時代の初恋の人が突然、夢の中に現れたことだった。ただただ、ごめんなさいのくり返し。謝って泣いてばかり。それがあまりにも長く続き、心がこわれそう。今まで夢はあまり見ないほうなのに。

　若かった時も、現在も過去の自分の話を誰にも言ったことはなかった、あまりにも辛くて、身内以上に親しい友人の清江ちゃんと美知子ちゃんに、話を聞いてもらうことにした。夢は朝方のようで、起きると目が腫れていて、まだ涙がこぼれてる。

　正樹さんに別れを告げた時も心がこわれそうで、とても苦しかったことを思い出してしまった。

　それまで誰にも話したことがなかった。若い時に悩みを話してれば、あんなことになってないと反省をしながら、とうとう一人では耐えられない心境になり、とても辛かった。清江ちゃん、美知子ちゃんと三人で光ヶ丘公園に行き、銀杏の並木が黄色一色に染まっている長い道を通り、奥にある大きな公園に行き、「私好きな人いるんだけど」と話した。切り出し方を間違ってしまった。必ずしも違ってはいなかったかもしれないけど。長い間、胸の奥にしまっているだけだったので。

清江ちゃん、「今がいいんだよ。今の夫でいいんだよ」って。「その方も、こんなに長い間想われて、幸せな方ね」って歌の歌詞のように言ってくれた。

もう私のこと、忘れたかしらと思うと同時に、寂しいけれど正樹さんにとっては思い出したくもないと思う。

私の初恋の正樹さんは、とっても素敵な人。そして、尊敬できる人。

正樹さんと出会った時、引っ越し貧乏だったのと、ユウとのことで悩みを抱えていた。なぜ、どうして、こんな時に出会ってしまうんでしょう。

ユウと別れて、まだ日も浅く、複雑で反省だらけだった。

心の整理もまだついてないのと、肝心な時に言葉が足りなくて、ユウに申し訳なくて、一言では表現できないほど悲しいことにしてしまった。自分に腹立たしく、一生背負って秘密にしなければと、悩みはつきない。それが頭からも消えてない時だった。それにユウは決して許してくれない。泣きたいくらい後悔もしている。

衝撃的な出会い

そんな時、正樹さんと出会ってしまう。

確か、五人くらいいたと思う。会った瞬間、立ったままで私を見るなり、タイプーと言った彼は、一番背が高く、目立っていた。とても詳しく浪人した話までしての自己紹介しちゃって、西新井の方だったと思う。

彼の隣にいた人が正樹さん。背が高く、幅も広く、ガタイのいい人。何か紙にメモをしてから、彼も詳しく自己紹介して、あとの三人と私はポカーンとして、考えるひまもなかった。でも正樹さんと目が合った時、どきどきしてしまった。たくさん男の友達もいたのに、こんなの初めて。もしかして、ユウも私を初めて見た時に、こんな感情があったのかもしれない。今となっては、気がつくのが遅すぎだけど。

正樹さんは、すぐに紙に書いたものを私に渡した。受け取っていいものか考えるひまはなかった。見ると、その内容は、赤坂プリンスホテルでの待ち合わせでした。どうしようかな、行こうかな、やめようかな。迷ったけれど、好奇心旺盛な心が騒ぎ、恋人になるとは限らないのでと思い、行ってみることに。本当は行ってはいけないことも分かっていたのに。

プリンスホテルでランチをして、その日は赤坂でお別れ。

その時に思ったことは、「彼女ができる時、いつもここを待ち合わせ場所にしているのかしら」ということ。ずいぶん慣れているように見えた。それが初めてのデート。とても穏やかでダンディな方。

それっきりだと思ったのに、いつの間にか交際していて、まだ何度もお逢いしてないのに、「甘えん坊で、わがまま」って言われてしまった。でも、甘えてもいないし、わがままも言ってない。

大木《たいぼく》のような彼、大海原《うなばら》のように心が広い人なのかと勝手に想像していた。何度も会ってるうちに正樹さんの性格がだんだんと分かってきた。

石橋をたたいて渡る人、そして誠実で慎重な方。私のこと、見た目だけではなく、性格も気に入ってくれていたようでした。気が弱いから内科医になるって言ってた医学生。私はまるで反対。石橋を一気に飛び越えて、着地に失敗するタイプ。

気がついてますか。なんでも見抜かれていたから知ってると思うけど、私のことを、とても遊んでるように見てたね。確かに好奇心のかたまり、遊んでいた。でも男性と深い遊びはしていないことが分かってから、とても大切にしてくれたね。昔から一緒に生活しているかのように居心地が良かった。過去に家族だったかしらと思うくらいにありのままに、気を使うこともなく、本当に自然のままに、ふつうの会話ができる。相性って、とても大切なことなのね。ただ、華やかに遊んでいて、おしゃれをしていた私のことを、結局は信用してくれてなかった。他の男性に移り気になるのではと心配していたね。そんなに器用でもないし、用心深いので、心配しなくてもいいって言ってあげれば良かった。

だから早く結婚したかったの？　それも聞けば良かった。

貴男は、出会ったときから純粋に、そして真剣に私と結婚したかったよね。私も同じ。貴男と私、二人共にとても大切な安らぎの時間を過ごしていたように思う。

その時、私は新宿のデパートに勤めていて、そこで友達になった話とか、正樹さんはなんでも聞き上手だったね。

落ち着いていて慎重で、かといって神経質でもなく、細かくもない。ゆったりとしていて大人。九州の福岡の方です。

昔、母の弟が福岡に出張で行って、帰ってきた時、嫁さんになる人がついて来てしまった話は聞いたことはあるだけで、遠すぎると思っていました。

デートは、いつも目白の駅で待ち合わせ。「ケーキ食べていく?」「はい」

私はとても素直。二人で喫茶店でケーキを食べて、とても幸せな時間。正樹さんは、明るくてオシャレな私を求めているよね。私が求めているものは、穏やかで安心できる人、そして、尊敬できる人。彼は、すべてを持っていました。相思相愛ってこういうことなの。

正樹さんに包み込むように大切にされて、その愛の暖かさと深さに、だんだんと身も心も吸い取られていくのが怖いくらいに分かる。とても幸せ。

そんな時、目白の駅での待ち合わせをしていると、誰かにつけられてると感じた。怖くてふり返れないので、正樹さんに電話して、そのことを伝えた。「すぐ近くの喫茶店に入って待ってなさい」とのやりとりで、喫茶店で待ってると、すぐに来てくれました。

多分ユウだと思った。でもユウはそんなことする人ではないとも思う。それからの待ち合わせはいつも、正樹さんが目白の駅まで迎えにきてくれました。

そして、いつも同じ質問。

「輝美、好きな人できたの？　待ってる間、怖い顔してる」って。

そんなに簡単に好きな人ってできるものでしょうか？　と口に出して聞けばいいのに、一人心の中で思ってしまう。

もしかして、ユウのことが自然と顔に出ていたのかもしれない。人の心ほどあてにならないものはない。今ここで自分が経験している、とても冷たい自分、そしてとてとても幸せな自分。ユウのことは淡々と書いているけど、そんなことはない。考えるだけで、頭が固まってしまうくらい後悔している。

それなのに好きな人ができてしまっている複雑な心。

正樹さんは「あなたしか見てない」って私に言ってもらいたかったのに、何も答えなくて、せつない思いをさせたね。私がフワーッとどこかへ行ってしまうと思ってる。信用してくれてないのね。

二人でピーコックへ買い物、またある時は、小高い木々がたくさんあって小川の流れてる近くの公園へ何度か二人で行ったり。大好きな彼と素敵な公園でデート。ロマンチックで幸せ。

真面目な彼なので、こんなロマンチックな一面があるとは思わなかった。

彼なりの、せいいっぱいの愛情の表現だったのかしら。

子供連れのおばあさんに、「可愛い奥さんね」って言われて、「はい、ありがとうございます」って返事してたり。私とちょっと離れた場所にそのおばあさんのお孫さんと遊んでいた時、聞こえてきました。

私、一目惚れされちゃって、私も初めて男性を好きになって、これが初恋、本当の愛。こんな幸せな世界があるなんて。いつもロマンチックに思ってるけど、本物の愛はもっとロマンチック。彼の深い愛情に包まれて人を好きになるって、胸の奥深くに熱いものがあり、心もとても豊かになることも初めて知りました。正樹さんは私と家族になりたいこと、やさしく遠まわしに口説いてるよね。会うたび、何度も何度も言ってくれてるのに、ごめんなさい、返事できなくて。大好きな彼。

女性にとっては、こんなうれしいことはない。多くの女性が、いつ言ってくれるかと待ってる言葉に違いない。全部分かっている。本当は、涙が出るほどうれしいのに。でも頭が固まってしまい、胸が苦しくなり、どうにかなってしまいそうで、返事ができなくなってしまう。

素直に、何も考えないで、すぐにでも返事したい。「はい」と、どれだけ言いたかったか。心の中では、何度も「はい」と言っていた。決して、じらしてるわけではなかった。

年老いても一緒にいたかった人。

多分彼と別れたら、二度と巡り合うことのない人なのに、度胸もなくなってるのに気がついて、悩みに悩み、ユウのことを話さなければ次へ進めない。「もう少し時間を下さい」ぐらいは、口に出して言わなくてはいけなかったね。

良くも悪くも、さっぱりした性格なのに、彼に出会ってから生意気にもすっかりロダンの「考える人」になってしまってる。あまりにも素のままに生きてきて、今さらながらユウのことが重くのしかかり、身動きできない自分がいる。なのに正樹さんと会う時だけは、うれしくて幸せで、なんにも悩みがありませんと明るく涼しい顔をしていた。

正樹さんが大学のお休みで福岡に帰る時、友達（静岡の方だったと思う）と三人で羽田に行き、あなたを送って行ったね。というより、あなたが全部用意してたのね。

ここでも、彼の愛の深さを感じると同時に、本気なんだとも思った。

羽田でバイバイしてお友達の車での帰り、私を家まで送ってくれるよう頼んでいたのね。でもその時、夜のせいもあってか、見送った後、福岡が遠くに感じてしまい、お友達の車の中で泣いてしまった。

考えてみれば、田舎では私は目立ちすぎて暮らせないのと、好奇心が強くて東京に出てきたのに、田舎で暮らせるのかと、ただ、あの時は不安だった。あなたがどんな所で暮らしてるのか知るために、一緒に行けば良かった。でも、恋人になってまだそんなに時間もたってなかったので、言い出せないで、不安だけ大きくなっていた。すべて正樹さんにまかせていれば、何も心配しなくてもいいとも思いながら心は揺れ動いていました。

正樹さん、心配だったの？　それとも、会いたかったのか、早く帰ってきて、プレゼントにミツコという香水を買ってきて渡された。その香水の名前の由来を説明してくれた。イギリスの貴族に確か、浅草のお茶屋さんの娘さんが見初められた話だったように思う。

正樹さんも、私のこと見初めたって言いたかったのね。

香水ありがとう、大切にします。あなたの愛のかたまりと思って。

とても、正樹さんの言葉は真剣で重みがあり、浮ついた言い方ではなかったので、胸に熱いものがこみあげ、とても幸せだった。

あなたに会うと、なぜか安心していられて、素直な私。尊敬してしまう人柄。今まででこんな感情がわいてきた経験は初めて。正樹さんとの出会いがすべて、内面から「愛情って、こういうものだよ」って教えられてるような気がした。安心していられる人に巡り合うなんて思ってもみなかった。

もっと若い頃、大好きな身内がこの世を去ってから、私も長く生きていたくなかった。だから、甘える人がいない寂《さみ》しさで、好き勝手に好奇心だけで、短い人生でも後悔しないようにと青春を楽しんでいたのに……。うわべでなくて、私の内面をえぐられて、少しずつ正樹さんに傾いていている。

すぐには無理だけど素敵な大人の女性になりたいと、その時に思った。本当に、大好きな彼といるだけで幸せ。とてもとても濃密な初恋。正樹さんには、「あなたが初恋の人なの」って言わなかったので、知らないと思う。想像だけど、正樹さんも初恋だったりしてね。うふふ。そうだったらうれしい。

そんなことないね。女性を知り尽くしている感じもあったけど、私のすべてを知りたかったのね。いつも明るく涼しい顔をしていても、一つだけ知りたいことがあったと思う。どうしても話せないことがあったので……。こんなに愛されてるのだから、少しだけでもユウのことを話せればいいのに。

あきらめることなく家族になりたいことを口説いてるのに、なぜ返事してくれないのかと、不思議だったはず。他に好きな人でもいるかと思ってる。私の胸の内を覗きたかったたし、聞きたかったよね。話したくても話せないでいるので胸の内を、私をだましてでも覗いてほしかった。

見た目と違って、まだ純粋だったのよ。

なぜ返事できないかも、ズバッと聞いてほしかった。

肝心なことを言えなくて、ずるいよね。胸に張り紙をして知らせたかった。

「正樹さんに出会う前に恋人がいたの。とても悲しくて苦しいことになり、お話しできるまでまだ時間が必要で。私は悪い人なの。そこから逃げられないことが辛くて怖くて、まだ思い出したくないの。本当にごめんなさい」

正樹さんは、いつも片思いだと感じていたのかもしれない。

せめて、私の本当の気持ちぐらい伝えればいいのに、「あなたのこと大好き」って。

肝心なことを言わないでいる。でも私は「あなたで幸せなの」って顔してたでしょう？

正樹さんに出会ってから、あまり遊びに行かなくなり、時間のある限り一緒だった。時々は六本木に遊びに行った。ある日、スカウトマンが寄ってきて、私がテレビサイズだからと、いろいろお話をされ、さそわれて、名刺をいただいた。あなたに見せたとたん、「結婚できないから駄目」って破かれてしまったね。そんな気もなかったから見せないで捨てれば良かったのに。

毎日がとても充実して、楽しく、るんるんしていた。

私と明るい家族を想像して、一緒にいたかったのね。

初めは遊びのつもりだったの？　それとも出会った時から結婚したかったの？　一目惚れって、こういうことなの？

とても、慎重な人。そして、ダンディな彼。私にないものすべてを持っていた。遊びすぎるくらいの毎日から、正樹さんに出会ってから、時間のある限り一緒に過ごしていて、とても穏やかで、自然体でいられる。安らぎさえ覚える。

彼はいろいろ考えながら、いつも違う言い方で口説いてるのに、本当に一度も返事ができなくて、心の中で謝っていた。聞こえないふりしてるのではなくて。

あなたが言ってくれてることすべて、心の中に大切に納めてあります。

ユウのことが、まだ生々しい出来事で、脳裏から消えてないから軽々しく、「はい」って返事ができない。

彼はそんな事情があることは夢にも思ってはいない。

年老いても一緒にいたい人なら、どこかで決心して伝えなければ。でも、そこで彼が少しずつ私から遠ざかっていっても仕方のないことと、頭の中はぐるぐると回っている。

でもまだ、胸がはりさけそうで話せない。涙も出てくる。

正樹さんの人柄にすっかり甘えて、心の中で想っていても恥ずかしくて言えなかった。「好き、大好き」って甘えながらね。

正樹さん、涙を流して、「食べてしまいたいくらい可愛い」って抱きしめてくれた時、わがままな私でも彼と一緒なら何もいらないと思うほど、幸せな日々を過ごしていた。

　ある日、友達から夜、食事をしようとさそわれ、池袋で待ち合わせをして、三越の前にさしかかった時、占いの人がいた。友達が「どうもフタマタかけられてるみたいなので、占ってもらう」と言い出し、フタマタって何のことって思いながら、初めての経験。占い師は彼女に、「フタマタかけられてるから結婚できないよ」って言って、やっぱりってうなずいてたね。

　そういえば彼女から、「私、じゃがいものような顔してる人が好きなんだ」と聞かされたことがあったっけ。その彼のことなんだね。

　彼女、私に「見てもらったら？」と言う。「うーん、私今、幸せなの。だからいい」「でもこんなこと、めったにないから」と言われて初体験。何を聞けばいいのか、さっぱり分からなかったので、「大好きな人がいます」、それしか思いつかなかった。

　占い師は「結婚できるよ。彼は真剣だね、本気だよ。あなたの返事を待ってるだけでしょう。そうでしょう」と力強い声で、はっきりと言われた。

占い師に言われなくても、日々彼は本気な態度で接してくれていたので、分かっていました。

幸せを感じながら、私には乗り越えなければいけないユウとのこと。苦悩していることを話さなければ、正樹さんに良い返事ができないこと、申し訳なくも思っていた。「私さえ、もっと単純に思い、悩まなければいい」と思う時もある。

運命にさからわず、大きな翼を広げて待っていてくれてる安らぎの場所にいられたら、どんなに幸せなことでしょう。とても慎重な彼なのに、一度も良い返事ができないでいる私に、彼は結婚を急いでいるように見える。相思相愛でラブラブなのに。それに彼はまだ学生。私もあなたも若いし、しばらくこのままでは駄目ですか？

もう少し時間が過ぎていけば、私の悩みも少しずつ解決していくかもしれないとも思った。勝手な願望だけど。

友達と占ってもらった後、食事場所を探して歩いている時、彼女が、「あ、彼です」と指さしたほうを見た。なんと女性と一緒でした。今占ってきたばかりの彼。後ろ姿だったけど、彼のじゃがいも顔を前のほうから見たい気もした。うそのような、本当の話。

事実は小説よりも奇なりというけれど、目の当たりにして、私はすっかり占い師の言葉を信じてしまった。

あの時の彼女の心境はどうだったんでしょう。そのことにふれないことにした。

言い出せなくて

好奇心の強い私はたくさん遊んできました。ユウのこと以外、難しいことは何もなくて、とても良いお友達に恵まれ、複雑な経験も何もしていない。

この頃、「これからの人生の旅路、もっとたくさん泣いたり笑ったりすることでしょう。何があっても、明るく笑って、自分の持ってる性格は変えない」と心に決めた。

何も考えないで風まかせの道を進めたら、どんなに気持ちが軽くて、希望だけを想像して進む、なんて道はないでしょうね。

現実は要町の出来事がよみがえってしまう。いくら自分勝手で未熟だったとはいえ、決して許されることではなかったと反省しても、ユウには届かない。

一緒に占いを見てもらった人は、ユウと別れてからの友達なので、ユウのことや、沼袋に住んでいたことも話していないので、私を何も悩みもなく明るい人だと思ってる。

恋人も作らない、結婚もしないと固く誓ったこともどこへやら、自分のことも信じられない。

大塚の安いアパートも気に入ってる。相変わらず、新宿のデパートまで真面目に通勤している。電車は乗り換えなし。朝はゆっくりなお仕事で、とても気に入ってる。なんでも経験してみたい私でも、当分デパートでいいと思っていて楽しい。自分のことは分かっていないけど、人の面倒見はいいと思う。

仕事先では、太ってる人の食事のメニューなどを考え、暗い人がいれば友達になったりした。

今でも忘れられない人に出会う。アルバイトで来た女性でデパートの地下で買い物につきあうと、十枚一袋に入ってるせんべいの一枚だけ下さいと言う。びっくりした。本当に、人は見ただけでは分からない。とてもおとなしくて、暗いかんじの人でした。彼女の言葉には、驚かされることばかりで、「国立大の医学生をおどかして結婚するの」なんて話をきかされて、若くても計算高い人がいるんだと、またびっくり。とてもついていけないし考えた事もなかった。

私の友達の中には一人も、そういう考えの人がいなかったのでうれしかった。

余りにも、衝撃的な話だったのでつい正樹さんに話してしまった。彼も驚いていたね。

あの頃は、やたらとパーティーがあったので、そこで知り合ってお目あての彼がいたのかもしれません。

ずっと後になるけれど、あの彼女、医学生と結婚して子供をおんぶして、私を捜して訪ねてきた。それもびっくりでした。

彼女とは短い間だったし、親しくもなかった。たぶん行く所がなかったんでしょう。誰かにきいてきたのでしょう。

何日も泊まっていて、このままではいけないと思い、ご主人に連絡をとり、会うことにして、また、また私はびっくり。

道路で待って、見知らぬ御主人に「彼女と子供を宜しくお願いします」って頭を下げて。その方は、「分りました」とは言ったものの、憮然とした態度だった。

ただ、どういういきさつか私には知る由もない。

本当に色々な人がいるんだねとその時は思いました。

あの彼女も、それっきり。

幸せに暮らしていることを祈ってます。

いつまでもこのままではいけないと思い、心の中では「はい」と言ってるのに。声に出して言えなかった。うれしいはずなのに、過去をまだ引きずっていて怖かった。

何も答えない私に、彼が「お見合いしようかな」って言った時も、「男性は結婚するの、誰でもいいんだ」と思ってしまった。彼の顔を見ないようにしながら、「私のこと大好きでしょう？　なぜ私にそんなこと言うの？」と思った。

自分がとても男女のことに鈍いんだと思う。彼はいろいろと言葉を換えて、私の反応を見ていたのに、気がつかないでいたの。ごめんなさい。

未熟すぎて、ピントがずれてて、おまけに返事もしないでね。とても手がかかって、やきもきさせてしまい、ごめんなさい。

見かけはロマンチックでチャーミングなんて、人に言われて、心だけは大人になってない。でも、そんな私でも、正樹さんは、私のことが大好き。私はあなたの心を満たしていたの。態度に出ていたし、とても幸せな顔していたね。とても穏やかで大人の彼なので、一緒に過ごしている。私にしか分からないね。

私もとっても幸せ。

ある日、少しだけでもユウのこと話せるかなと思い、鎌倉にさそった。

そんなに強引にさそったつもりはなかった。

とても良いお天気。私一人だけ、青い空に紫陽花に大好きな彼……とロマンチックに想像して、正樹さんに手をつなぎたいと手を出したら、「人が見てるから駄目」ってつないでくれなかった。

ここは福岡ではないから、知っている人がいないから見られてもいいのに……がっかり。何度も来ている鎌倉でも、大好きな人と来るのは、特別。こんなの初めてだから、私は手をつなぎたかった。でも彼は違っていた。

次は小高い山に登ろうとしたら嫌がっている。彼の背中を押して、無理矢理登った。彼は運動をしないタイプ。少し強引だったかも。頂上に着いてベンチに座り、「少しごきげんななめですか」っておどける私にクスッて笑ってくれたよね。

二人だけのベンチ。いつでもごきげんななめの時は、私におまかせ、直してさしあげます。

だって、食べてしまいたいくらい可愛いって言ってくれたから。じゃれるのも、このくらいまで。心が繊細なところもある私。

ごめんなさい、とても心苦しい思い出になってしまった。

多分鎌倉に行きたくなかったのに、私に嫌われたくなくて無理してたね。そんなことで嫌わないし、駄目は駄目って、はっきり言ってくれたほうがうれしかったのよ。正樹さん、そういう自分に情けなくて、腹を立てていたと思う。あまり表に出さないけれど、私はそのぐらいのことは分かっていた。心苦しいとも思った。

鎌倉の山のベンチで聞いたあなたの言葉。なんて正直な人なんでしょう。今でも忘れることはできません。何の迷いもなく、裸の心そのままを私に話してくれる。なんて素敵な人柄なんでしょう。

私が考えている以上に真面目な方。

「本当に私でいいんですか」って聞けば良かった。男性はよく「惚れた弱み」と言ってなんでも許してしまう話を聞く。でも、そこまで相手に合わせることはしないほうが、お互いの幸せのためと勉強にもなった。

あまり気を使ってもらうのも苦手なの。今まで自然体でいられたから、心も安らいでいた。ロマンチックで甘えん坊な私でも、甘えた態度は決して出してはいないと思っていても、あなたにはすべて見破られている気がする。

鎌倉の時、あなたにあんな思いをさせてしまい、とても反省している。でもあの後、何事もなかったかのように、いつものあなたに戻っていて、相変わらず、私のことを大切にしてもらった。二人で顔を見つめ合って、ラブラブ。愛されて、こんなに幸せでいいのでしょうか。

一段一段、経験したことをむだにしないで、立ち止まり、勉強して身につけて、少しは深みのある私になり、正樹さんが安心していられるように成長できればと、心ひそかに思っていた。

「大木にセミ」とよく言われていたね。

大木さんは、どんな気持ちでいたの？　純情可憐なセミさんは、大海原のように心が広い大木だといいなあと、言われるたびに勝手に思っていました。

あなたとの出会いにとても感謝している。

とても誠実で穏やかで、自分の愛する人であって尊敬できる人。安心して診てもらえる良いお医者さんになると思う。あなたにピッタリの職業だとも思う。

体格からくるものでしょうか、あまりにも落ち着いていて。でも慎重な彼。出会って愛されただけでも幸せだった。

私にとっては、大きな存在。

自分で少しずつ変わっていくのが分かって、素敵な女性になろうと思う。うふふ。

今の私でも、彼は夢中なの。


ゆったりしている人なので気がつかなかったけれど、私のことをよく観察してるのか、すべてを知りたかったのか、単純な私のことはすべて見抜かれていた。ユウのこと以外は。何も悩まないでいられたらどんなに幸せだったことでしょう。とても心の安らげる人なのにユウのことで、私の心の窓は半開きのまま。

とても派手に遊んでいる医学生達もいる中で、正樹さんとそのお友達は真面目な医学生に私には映っていた。

特に正樹さんは実家の医院の跡継ぎで、家長意識が強く、心に秘めてるように見えた。態度に出すわけでもなく、かといって言葉にすることもないのに、私は感じとっていました。

正樹さんに出会うまでは、何も考えたこともなかったのに。

遊んでいるだけに見られていた私にも変化が起きる。なにげない会話なのに、正樹さんのことを観察してるかのようでした。

正樹さんも同じだよね。生活の中での私の言動で、私よりも、私を知ってるように思いました。

とても不思議です。


好奇心旺盛な私は、楽しく遊んでいたので、結婚して一人の人に束縛されるのは、まだ先のことだと何も考えてなかった。相手がお金持ちとか、どういう職業とか。ただ思っていたことは、「性格のいい人で、私と相性のいい人がいい」ということ。長い長い時間を一緒に過ごすことになるので、それが一番幸せなことだとしか思ってなかった。深く内面を観察するなんて、初めてのこと。あなたも私も、ラブラブなのにね。

相思相愛ってこんなにも安らげるものなのね。何があっても乗り越えられると思う。

正樹さんは、たびたび小金井のお友達の所へ連れてってくれた。皆さん、真面目な医学生。いつも、五、六人集まっていました。

小金井のお友達の家は、裕福な農家のようでした。母屋とは別の、二階建ての家にお友達が集まっている所に、目白から小金井まで、何の疑問ももたずに私は正樹さんについて行った。それも短い時間の滞在。私のこと可愛くて、皆さんに見せに行ってたの？　だって、女優さんを見るような勘違いの視線が注がれるので、初めはそう思ってました。

そんな事はないのよね。あなたは結婚したいのに、返事をしない私のことを、どんなに切ない思いで相談していたんでしょうか。

お友達の皆さん、私に何か言いたそうでした。遠慮がちで気を遣ってたようにも思う。そういう思いを汲み取るほど、私の心は成熟していませんでした。

目白への帰り道でも、あなたは何も言ってくれませんでしたね。楽しい会話だったので、悩んでる事など気がつきませんでした。

大好きなあなたに、そんな思いをさせているとしたら、天真爛漫な心に罰を与えたい気分でした。

勇気を出していつかお話をします。

こんな私なのに、彼はあきらめることなく、今までと同じように深い愛情で私を包み、幸せにしてくれている。

今すぐ福岡に帰らないなら、今のままではいけませんか？　あなたと年老いても一緒にいたいと思う心に変わりはない。でも、そんなことは一度も私の口から言ったことはなくて、一人心に思っていただけ。なぜそんなに急ぐのか分かってなくて、恋ってそんなものなのでしょうか。

正樹さんは、石橋をたたいて渡る人。でも穏やかな性格のせいか、ちっとも堅苦しくない。それに比べて小さな恋人の私は遊び人なんです。ただ純粋に好奇心が強いだけなのに、お友達も見かけだけで心配してくれてる。正樹さんも心配で、早く結婚したいのかしら。でもあなたが一番知ってるね。私は乱れてなくて真面目なの。あなたと出会ってから、大塚と新宿、目白で下車のくり返しの日々。とても充実してる。

そして、大塚では、人間の表と裏、聞きたくない、見たくないものなど、いろいろ見せられた。とても刺激的な場所。

遊びでも仕事でも毎日楽しくて、るんるんと過ごして、彼とも相変わらずラブラブ。初恋の人で、それも濃密な初恋。本当にこんなに愛されていいの。彼のせいで、とけてしまいそうなの。

そんな感傷に浸っている時、正樹さんが、「東京の病院に十年勤務するから、その間、看護の学校へ行ってほしい。その後は田舎の診科所だから手伝ってほしい」と本当に少しずつ話を進めている。夫婦は、昼の生活も大事なんだよ、と。

とろけてしまいそうな雰囲気から現実に戻され、「それって私の時間ってないの?」と思った。にぎやかなのも好き。でも、孤独も好き。小さい時から自分の世界観を持っていて、家族ができても、それだけでベッタリはできない。一人だけの時間も欲しいのに、正樹さんは会って間もないのに、それをわがままって言ったの。そうなんだね、生涯ともに暮らしたいのに。

大人になっていくって、いろいろ自分の思い通りにいかないし難しいことが多くなっていくのか、私のわがままなのか、だんだん不安が大きくなってくるし、物事を複雑に考えてしまっていた。にもかかわらず、友達に相談もしない。してれば、答えが見つかっただろうか。

姉妹のようにつきあってた信子さんに相談したら、なぜ結婚しないのって、怒られそう。彼女はバイタリティもあり、考えも単純だから。私は、そうなれないもどかしさもある。

別れを選んだ私

悩むのはやめにして、楽しいことを考えよう。

そう、デパートに勤めてるのに、彼に何一つプレゼントしたことなかったのに気がついた。ネクタイをプレゼントしよう。それとも、二人で買いに行ったほうがいいかしら。

喜んでくれるとうれしい。今まで引っ越し貧乏だったのと、遊びにすべてお金を使っていた。それに洋服代にと。彼から香水をいただいた時も、何のお返しもしなかったね。せめて、病院に勤める時は、私の選んだネクタイをしてくれるとうれしいなと想像しながら、楽しいことを考えていました。

なのに、こんなに早くあなたに、さよならを言う日が来るなんて、想像もしてなくて、考えてもいなかった。

時々連れていっていただいてる小金井のお友達の結婚式の日、その日の朝も二人でラブラブだったね。いつも長めの髪を短くした彼。理容室へ行ったのか、私が短くしてあげたのか覚えてない。でも、とても似合ってた。それから大学の入学式の時に着たスーツを着てみて、まだ着られると言って、お祝いの袋をポケットに入れて、二人で鏡を見て。とても素敵だった。

「行ってらっしゃい、私、大塚に帰ります」

正樹さんを見たのは、これが最後。

一緒に過ごしたのもここまでで、私はプッンと切ってしまった。

一人で大塚のアパートへ帰ってから、なぜか突然、涙が出て、とまらなかった。あなたに出会ってとても幸せでいたのに、結婚という言葉にかき乱されて、頭も心も、涙、涙で霧の中の視界の中で、自分に自信がなくて、不安なのって一言伝えれば良かったのに、ユウに責められ、誰のことも受け入れられないほど余裕もなかった。ユウだけのせいではない。

真剣に愛されて幸せなはずなのに。

自分がまだ精神的に、未熟で、結婚はまだ先のこと、不安だらけで胸がしめつけられ、怖かったのもあったと思う。

正樹さんは何も知らない。いつか話さなければと先に延ばしてきた。あなたと出会う前のユウとのことが私を苦しめてることを言えたら、どんなにさっぱりしたかしら。あなたに嫌われても言うべきだった。だからこんな最悪な結果になってしまった。決して私を許さないし、正樹さんに返事したくても頭が固くなり、胸がつかえ、言葉にならなかった。でも、すべて記憶に残っている。だって、とってもうれしくて幸せでいた時間だったから。

あくまでも、想像です。小金井のお友達の結婚式の時、いつものメンバーが同じ席で当然、私の話が出たことと想像する。

正樹さんが私と結婚したかったのは、メンバーの皆さん知ってたので、あの朝も、まるで新婚さんのようにラブラブだったのも、話してると思う。

正樹さん、私に夢中なのよね。知らない間に、私の心も、あなたに扱い込まれていて。複雑に考えないで素直にあなたと一緒にいられたら、どんなに幸せな人生だったでしょうか。何かあった時に、その時に考えればいいのに。

式が終わって、引き出物を持って、一目散に私の所へ来た彼。

彼と別れて、部屋に帰ってきて、こんなに幸せでいいのかなと思ってると同時に、まだ純粋な心も残っていた私。ユウは決して許してくれないと、頭も心も乱れてしまい、一人で自分の罪の重さに押しつぶされ、泣きじゃくっていた。そこへ正樹さん。

「ドアを開けて」

「嫌です」

ごめんなさい。何度もドアを開けてという言葉に泣きながら「嫌です」をくり返した。支離滅裂なことを言って、初めて「結婚して」って。「うん」「だからドアを開けて」。正樹さんがどれだけ待ってた言葉だったことか。彼が必死に言ってくれた言葉、それなのに絶対ドアを開けなかった。

あの時、なぜドアを開けて、今まで良い返事ができなかった理由、そして、ずっと悩んでいたユウとのことをお話ししていれば、あなたを傷つけることもなかったのにと、後悔ばかりだった。

そして、「もう来ないで」と叫んでいた。

彼との長いやりとりで、最後に彼は「分かった」と言って去っていった。ドラマではない。とても不器用で、少し純粋な私。激しい初恋で、年老いても一緒にいたかったほど愛した人。あっけなく、近くて、遠い人になってしまいました。

とても後悔した。何の事情も話さないで彼は嫌われたと誤解したかもしれない。

朝まであんなに幸せでいたのに、戸籍さえ入れれば、あのまま幸せな夫婦でいられたのにとも思う。

昔から家族だったかしらと思うほど安心していられた。

せめてドアを開けて、今までのこと全部話をして、それでも、私への愛が変わらなければいいし、少しずつ私を好きでなくなって、後に別れたほうが、自分を責めることもなく、正樹さんも納得してくれたかもしれない。

あなたに出会って少しは成長したかと思っていたけど、変わってなかった。私と出会ってなかったら、こんな思いもしなくてよかったのにね。傷つきたくないから、とても慎重だったの知っていたのに、傷つけてしまい、罪深いことしてしまったこと、後悔もして、自分を責めた。

私にとっては初恋で、あなたから深く愛されたこと、とても幸せだったこと、忘れることのない人生の一ページ。

何日も涙がとまらなかった。朝、目が覚めなければいい、息をしてなければいい、そうならどんなに楽だったかと思った。朝か夜かも分からなかった。朝起きて、生きてることがこんなに辛く、恨めしかったこともなかった。

自業自得と自分に言い聞かせ、前に進むしかなかった。

たまらなく、正樹さんに逢いたかった。あなたは私にやきもちをやかせようといろいろな言葉を言ったり、泣かせようとしたりだったね。私は一度も反応しなかったね。深く深く好きでいてくれたのが分かっていたから、今は泣きながらあなたに抱きしめてもらいたい。
はたせなかった夢のなごりなのか。
誰にも見せることのない一面があり、もんもんとしていた。

そんな時、代官山へ友達四人で食事へ行くことになった。誰か予約していて、座る場所が決まっていた。
私の座る場所に、
「**さ**いこうの笑顔
ふかい愛情
えいえんの女神様」と書かれた色紙が置かれていた。私にとっては、色紙一枚がとっても大切で生きる道しるべになった。書いて下さった方、ありがとうございました。
私だけではなくて、四人にそれぞれ文面が違うのが置いてあった。私にとっては、とてもとても大切な色紙で、今でも額に入れて飾っている。

さいこうの笑顔で暮らせるようになった。

そして正樹さん、感謝しています。

あなたに出会えたこと。好き嫌いの激しい私は、こんなに人を好きになったことはなかった。こんな私を愛してくれて、大切にしてくれて、とても幸せにしてくれた。私の人生で初めて、人を好きになり愛することで、とても心豊かになった。正樹さんとの出会いがなければ芽生えなかった感情だったと思う。

あなたは、家長意識が強く、将来のことを決めて心に秘めてるように見えました。態度に出すわけでもなく、言葉にすることもないのに、私は感じていました。

そして正樹さんの大きな心に抱かれて、私は幸せを感じ、生涯あなたと、暮らせたらと夢見てる傍らで、不安で胸が押しつぶされる。ユウのこともまだ引きずっていて、あなたに本気で愛されれば愛されるほど怖くなりユウを傷つけてしまい、私だけ幸せになってはいけないと頭が、心が混乱して、まともな心理状態ではない。一人で泣きじゃくりながら、幸せでないほうを選んでいた。

私のことを何も話さなかったのに、あれだけ好きでいてくれてうれしかった。

「いつか話そう、今度会う時話そう」と思うだけで胸がつまり、涙が出そうで、とうとう何も話せないままに、そしてあなたは何も知らないままに別れた。あなたには一言も話さなかったけれど、年老いても一緒にいたかったの。

幸せと愛を捨てた瞬間、とてつもない寂しさにおそわれ、暗やみの世界へ。体の水分が涸れはてるまで涙、涙で、気がついた時は、すべて終わりにしていた。

穏やかで誠実で、安心していられる人に出会えたことに感謝している。

それなのに……。

最後の態度に、自分でもやりきれず、自分のことを軽蔑した。

罪深く、人知れず、懺悔の心は忘れていない。


ある日の朝方、突然に、ぼんやりと、マントのような物をはおって、私の行く先をはばんだ人、ユウかな?

まぎれもなく正樹さんだった。謝って泣いてばかりの毎日。だんだんに現実か夢か、ぼんやりではなくなって、はっきりした姿となっていった。

昭和の青春時代に戻り、とても懐かしくて、また、大好きだった正樹さんに逢いたくなったり、心が苦しくなったりで、胸が痛くて、また、一人で泣いたり。

私の頭の中で何が起こってるのか、自分でもさっぱり分かってなく不安。でもストレスもない、精神もおかしくないので一安心。

妹さんと挨拶程度でしたけど、お会いしましたね。お元気でお過ごしでしょうか。

昭和にタイムスリップして記憶をたどる旅に出ることにした。青春が現実のように、よみがえり、なんともチャーミングで、おしゃれでロマンチックな私がそこにいた。

記憶をたどっても、やはり正樹さんは石橋をたたいて渡る人。私は言葉に出さず、一人心の中で納得してたことに気づいた。言葉に出さなければ通じないことも分かり、そして肝心なことを言えなかったね。たくさんの気づきに反省もしてます。夢でも正樹さんから、いろいろなことを教えられてるんだね。


とても暖かい日でした。

五十五年ぶりに大塚の駅に降り立ちました。清江ちゃんが同行してくれることになり、二人旅。「なぜかムンクの叫びの顔をしたくなった」なんて清江ちゃんに言って、本当に懐かしい大塚をしみじみと見る。引っ越したアパートはもちろん、昔の面影はどこにもありません。私の頭の中の記憶だけです。

信子さんが熱があって心細いから、タクシーで夜来たこと。文代さんが泊まって、朝つけまつ毛がないって探したこと。綾女ちゃんがよく泊まりにきたことなど。

正樹さんと二人で商店街を通り、色々な話をしながら、よくお友達に「大木にセミ」って言われるよねって、私が言った時もうれしそうに、うん、うんって、こんな幸せなことはないって顔してたの、今でも目に浮かぶ。朝のせいかしら、あなたは大学（私は新宿）まで、電車に二人で乗って、まるで若夫婦のように幸せな時間でしたね。

そして、涙、涙であなたに別れを告げたアパートでもありました。もう少し賢く人生を送れなかったものかと反省ばかりでした。

情熱にあふれていた、初恋で尊敬してた、正樹さん、ごめんなさい。

もう一ヶ所、どうしても、目白の素敵な公園へ行ってみたかった。

あなたと待ち合わせをした目白の駅に、五十五年ぶりに降り立ちました。待ち合わせた場所も何もかも変わっていて、居合わせた人に、高田馬場の方向を聞き、エレベーターで下に降りて、歩いていると、追いかけてきた女性が、「さっき高田馬場の行き方を聞いていたでしょう」と話しかけてきたので、「はいそうです。馬場ではなくて素敵な公園を探しています」と答えた。「ああそれなら、小川の流れているおとめ山公園だと思う」と言って、道順を教えて頂きました。なんて親切な方でしょう。

正樹さん、おとめ山公園であってますか。

公園にたどり着きました。昔のイメージとは違っていたので、三ヶ所ぐらい探したけど、もう足もくたびれて、どうも高田馬場の方へ来てしまったようでした。

清江ちゃんとの二人旅。駅を探してると、また、先ほどのとっても親切な方に出会い、高田馬場まで道案内をして頂きました。

ルノアールで、ケーキとコーヒーで一息ついてから、家路に。最後まで清江ちゃんにおつきあいをして頂き、ありがとうございました。

正樹さんへ
あなたにとっては思い出したくもない青春の一ページかもしれない
でも消したくても消せない一ページでもある
運命の巡り逢いで出会ったときから、私と結婚したかった正樹さん
私は、今が新婚さんのような錯覚で大きな翼《つばさ》の中で
幸せの時もあった、一ページ
正樹さんとの出会いで
人を想うやさしい人になれました
どうか消さないでほしい
針の穴のような場所でもいい
誰にも知られることなく
そっと二人だけにスポットライトが当たってるかのように

濃密な愛と幸せを育んだ時を
時々でいい、想い出してほしい
胸がはりさけそうな
別れから、二十七年後の
少しふっくらした私です
まだあの頃の面影が
少しは残ってるでしょうか
どんなに軽蔑されてもいい
批判されてもいい
楽しくて、苦しくて、懐かしい、過去の学びの旅路？
覚悟の上で、いい訳をしたかった
ちょっとした戯れの中で
輝美のこと、一生忘れないでね
うんと言った後で

我に返った正樹さん
なぜそんなこと言うのって、顔したね
ごめんね
懺悔の心より

五十五年の時を経て
初めての告白
正樹さん、アイラブユー

幸せと
愛を捨てた
私

三章

救いの二人

三人組が楽しかったのに……

生まれて初めて、生きることの辛さを感じていた時、好き勝手に遊び、泣くことも自分で選んで、すべて自分に返ってくると、無理に納得させていた。

そんな時、有名な出版社の編集者の二人がスーッと私の前に現れる。その一人が佐藤さん、西新井の方。とても美しい顔立ちで、背も高くて肉づきもほどほど。

初めて会った時、「俳優さんをやっていて、なんらかの事情でやめて、一般企業に就職したのかな」と思うくらいあか抜けていた。でも正樹さんに、出会った時のようにドキッとはしなかった。生きてる間にドキッとした人に巡り合えただけでも、幸せな時間だった。

もう一人は、大分の鶴田さん。メガネをかけていて、笑う顔が素敵な人。自分から国立大を出たと言ってたね。

すぐに友達になり、「会う時は、必ず三人でね」と念を押した。もう誰とも恋愛をしない。こんなに悲しい思いもしたくないし、逢いたくても、正樹さんに会えなくしたのも自分なのに、忘れることができないでいる。自分でさようならしながら、でも心の中には彼がいる。

永遠の恋人と思えるくらいに……。でも、少し落ち着いてきてもいる。


とても楽しい二人。食事へ行っても、お酒を飲みに行っても、どこへ行っても、私が座る席は真ん中。右に佐藤さん、左に鶴田さんと、見た目はなんともモテモテ。

こうして、私の心を癒してくれる。お酒を飲みに行っても飲めない私は、いつもコーラとかジュース。佐藤さんも、鶴田さんも、驚くほどアルコールに強い。そしてお世辞タラタラ。

編集者らしくて、「週刊誌の表紙から抜け出てきたみたい」ってよく言ってくれたこと、ウフフといつも笑ってしまう。

私にお世辞言っても駄目よ、そんなに単純にできてないから。

二人で顔を見合って言ってる。一人は、うなずいている。

二人ともニコニコで目尻が下がってるよ。大好きなお酒に真ん中に私がいるしね。何か目的あって、言ってないでしょう。

うん、うんってうなずいて、あやしい。でも二人とも楽しい話をしてくれて、うれしい。今の私には、こうした時間が必要だった。お世辞も冗談だと思って、聞いていた。

でもあの時、何事もない顔をして明るくふるまっていても、胸の奥は悲しさがうずまいていた。なのに、佐藤さん、鶴田さんのお世辞と、三人で会う時の楽しさは、生きる希望をあたえていただいた。

何も知らないあなた達には、口には出さなかったけど、心から感謝してました。会うたびに楽しくしてくれて、うれしかった。

なんとか日常生活に戻れたのも、二人のお世辞のおかげ。とても大切な良きお友達ができた。自分のプライベートな話を、女性の友達にも話さなくて、相談もしないのが一番良くないのかもしれない。

佐藤さんと鶴田さんは、遊びながらいろいろなことを教えてくれる、知識も豊富。

二人が結婚してからもお友達でいてくれるとうれしいなと、自分勝手に夢見て。

こんな出来事もあったね。私は、奥歯が痛くて豊島区の歯医者に行った。女医さんが、虫歯の治療をしないで、いきなり抜いた。そんなに悪くないのに歯ぐきがぎしぎしと音がして、四苦八苦しても抜けず、男性を呼びに行き、ペンチのような物を持ってきて、無理矢理、やっとという感じで抜かれてしまった。案の定、のどから顔から腫れて、どうにもならなかった。そんな時、誰から聞いたのか、住んでる所も教えてなかったのに、二人の編集者が飲み物やプリンとか、ストローなど持ってきてくれた。でも、あの時、ストローも口に入らなかったほどひどかったね。

私の顔もひどかったでしょうね。笑いたくても笑えない。

あの時、とても心強く、やさしいお兄さんに見えました。と言うより多分同じ年齢だと思う。

この時は結構長く住んでいた大塚から板橋幸町に引っ越していた。池袋からバスも出ていて、歩いても行かれる所で、台所も広く、トイレも部屋の中にあった。お隣さんはご夫婦で子供さんが一人。すぐ仲良くなり、ここも快適に暮らせそうだ。住みごこちも良さそう。ただ、佐藤さんと鶴田さんに知られたのは、まずい。

でも二人とも紳士だから、勝手に訪ねてこないことを信じることにしよう。

別れは苦しいから恋はしない。だから仲の良いお友達でいてほしい。私の願望が届きますように。

この頃は、遊びもしなくなり、本を読むことも多くなった。でも、相変わらず、洋服には目がない。東中野と蓮沼には、洋服作ってもらいに通っていた。

佐藤さんと鶴田さんと三人でデート。二人は大好きなアルコール、私は相変わらずコーラと食べるだけ。そんなにお酒好きなの？　ニコニコ顔だね。どんなに飲んでも、酔っ払ったことないね。私も飲んでもいないのに飲んでるみたいに、楽しかった。本当にありがとう。

でも心配なこともある。私だけがお友達でいてほしいと思っていたことが分かった。やはり鶴田さんが、一人で訪ねてきてしまった。電話もかけてくる。でもやんわりと断って、相手にしない。


若い時って、お金のこと考えたこともなかったね。

恵子ちゃんからの電話で、予約なしで、それも突然大阪、京都へ旅行に行こうとさそわれた。急いで東京駅に行かなければいけないのに、誰かがドアをノック。出てみると、ハンサムな佐藤さん。え、どうしたのって驚いてしまった。背が高くて穏やかな人、私も好きなタイプ。でも絶対、恋愛はしない。怖くて苦しい。私は毅然とした態度に出た。それに急いでいたのもある。何も聞かなかった。すると、東京駅まで、ついてきた。

それも十二月三十一日に。お酒も飲んでなかったし、仕事も休みのはずなのに。こんなに朝早くに。恵子ちゃんは東京駅で待っていた。佐藤さんと二人で行ったので、朝まで一緒に過ごした彼だと思ったかもしれない。

旅行中も何も聞かれなかったので、私も話さなかった。

正樹さんと別れた後は、深く交際する人は作らないと心に決めていたので。

旅行中も佐藤さんのことを考える。ひょっとしたら二人で初詣にでも行こうと思ったの？　それとも男性と一緒にいるかと、見に来たのかしら。友達以上にならないと決めていたので、深くは追及しなかったね。

若い時って、はがゆいくらいお互いに気づかい、本心を言わなかったね。東京駅で別れて、ごめんね。佐藤さんが私に気があるのを知りながら。

私、少し大人になったの。

恵子ちゃんと二人で大阪に着いたのはいいけど、十二月三十一日だったからか、足が痛くなるほど探しても泊まる所が見つからない。お腹がすいたので、ご飯を食べよう。よくテレビで見る、人形がタイコをたたいてる近くで食事をしたり、フラフラといろいろな所を探索しながら、やっと変な宿を見つけることができた。好き嫌いを言ってられない。そこに泊まり、次の日は一月一日。京都へ行った。すごく寒かった。会う人、会う人、おめでとうの挨拶。

急いで寺めぐりをして、短い時間でもいろいろな所を見て、食事をしたり買い物し

料金受取人払郵便

新宿局承認

7553

差出有効期間
2024年1月
31日まで
(切手不要)

郵便はがき

1 6 0-8 7 9 1

1 4 1

東京都新宿区新宿1－10－1

(株)文芸社

愛読者カード係 行

ふりがな お名前			明治 大正 昭和 平成 年生 歳
ふりがな ご住所	□□□-□□□□		性別 男・女
お電話 番 号	(書籍ご注文の際に必要です)	ご職業	
E-mail			

ご購読雑誌(複数可)	ご購読新聞 新聞

最近読んでおもしろかった本や今後、とりあげてほしいテーマをお教えください。

ご自分の研究成果や経験、お考え等を出版してみたいというお気持ちはありますか。

ある　ない　内容・テーマ(　　)

現在完成した作品をお持ちですか。

ある　ない　ジャンル・原稿量(　　)

書　名				
お買上 書　店	都道 府県	市区 郡	書店名	書店
			ご購入日	年　　月　　日

本書をどこでお知りになりましたか?
1.書店店頭　2.知人にすすめられて　3.インターネット(サイト名　　　　　　　　　　)
4.DMハガキ　5.広告、記事を見て(新聞、雑誌名　　　　　　　　　　)

上の質問に関連して、ご購入の決め手となったのは?
1.タイトル　2.著者　3.内容　4.カバーデザイン　5.帯
その他ご自由にお書きください。
(　　　　　　　　　　)

本書についてのご意見、ご感想をお聞かせください。
①内容について

②カバー、タイトル、帯について

弊社Webサイトからもご意見、ご感想をお寄せいただけます。

ご協力ありがとうございました。
※お寄せいただいたご意見、ご感想は新聞広告等で匿名にて使わせていただくことがあります。
※お客様の個人情報は、小社からの連絡のみに使用します。社外に提供することは一切ありません。

■書籍のご注文は、お近くの書店または、ブックサービス(0120-29-9625)、セブンネットショッピング(http://7net.omni7.jp/)にお申し込み下さい。

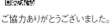

たり。あっと驚く無謀な冒険旅行、それも十二月三十一日に。

今となっては、忘れられない思い出です。

私の血液型はO型、多分、恵子ちゃんも同じかもね。

美知子ちゃんに言わせれば、私の行動はジェット機なみだって。そうかもしれない。特に洋服は気に入ればパッと買ってしまう。一緒にいる友達から、「え、もう買ったの？　早いっ」て、よく言われてしまう。

きちっとしたレールには乗れないよね。なぜ彼と別れたのかも、恵子ちゃんは旅行中も聞かなかった。

一目惚れされたのを彼女は知っていて、あんな素敵な人に愛されてたのにって、怒ってたような気がした。

そうです、こんな私なので、自分から幸せと愛から逃げてしまった。彼のおかげで、少し大人の女性になっていたので、その前だったら何も考えずに、幸せと彼の愛を受け入れて、結婚していたと思う。愛を育んでいくものって、こういうことなんだと思いながら。

幸せを捨てた私は、口に出して言えないくらい辛い。

でも前に進まなければいけない。もって生まれた明るさで、太陽に向かって歩いていこうと思えるようになってきていた。

それも、佐藤さんと鶴田さんのおかげ。でも恋はしない。正樹さんがまだ私の心に住んでいるから。

でも、恵子ちゃんと旅行へ行ってなかったら佐藤さんと二人で初詣へ行き、いろいろな話をして、プロポーズされたりしてね。十二月三十一日、お酒も飲んでなかったし、何か心に思うことがあって、あんな朝早くから訪ねてきたと分かっていた。でも、プロポーズされても、お断りしなければいけなかったので、恵子ちゃんとの旅行はラッキーだった。

気まずくはなりたくない。だって素敵な人だから、生涯友達でいてほしいから。恋愛すると、ユウの時のように逃げなければ幻が追いかけてきてしまい、辛くて、悲しいことになってしまうから、そうなりたくない。

三人で遊んでいても、冗談で「ホッペにチュウぐらいしてもいい」なんて言ってたね。そんなに可愛い？　でも駄目よ、友達でしょう？

佐藤さん、「友達やめる」なんて言って笑ってごまかしたりして、冗談を言って、楽しく相手をしてくれていた。

心の中では、「男友達でいられないのかな……」と思っていた。

たくさん褒めてくれたけど、あれはお世辞でなく、本気だったの？

私はそんなに、簡単に好きにならない。幸せと愛を捨ててきたばかりなので、「私に本気にならないでね」と、思うしかなかった。

佐藤さんと結婚したらと想像した。朝まで酒を飲んでも平気な人だから、夜、眠らないで、帰ってくるまで心配しなくてはいけない。じゃ、「お酒やめますか」って聞けば、やめるって言うと思うから聞かないことにした。とても頼れて好きだったのに。

別れはもう経験したくないから、このまま素敵な友達でいてほしい。

出版社の人と食事に行き、帰りに、有名な漫画家のご主人と、駅に向かって歩いている時、公衆電話があり、いたずら心から反社会的勢力の事務所（店？）の番号（？）を押してしまった。ご主人がやめなさいと注意をしてくれたけど、すでにそれらしき人が来てしまった。「ごめんなさい。悪いのは私です。こちらの方は関係ありません」といくら言っても聞き入れてもらえず、「女は黙ってろ」と言われ、細野さんが連れて行かれた。私は茫然として、しばらくその場にいた。

心配で後悔していても、そんなに長くはいられないので、部屋に帰ったのはいいけど、その後どうなったのか気になり、朝まで起きていた。

佐藤さんと、鶴田さんに言っていいものかどうかも考えたけれど、言わないことにした。本当に申し訳なくて、ただただ反省。そんな時、連絡があり、やっぱり朝まで帰されず暴行されて、お金を取られ、大変な目に遭ったことを聞かされた。ごめんなさいと、謝るしかできなかった。

細野さん、あの時は、本当にごめんなさい。

あの事件は、誰にもお話ししなかったと思う。佐藤さんも鶴田さんも、私に聞かなかったので、知らないようだった。

二人から、出版社に遊びに来ていいと言われたので何度か訪ねて行った。建物からして素晴らしかった。それにも臆せず、中に入っていき、こんにちは……と挨拶。皆さん、ニコニコの笑顔で迎えてくれました。

まだまだ、好奇心旺盛な私。社員の何人かでお昼ご飯に行き、楽しかった。それにご馳走さまでした。胸の中の苦しさは消えないでいる。けれど、二人のおかげで救っていただいてる時間でした。

三人でデートすることが多かったけど、パーティーに招待されたこともあった。ある日、何十人も集まって、出版社のパーティーなのか何かだったのかな。外部の人は、多分私一人だったと思う。

不思議。佐藤さん、鶴田さん、細野さんの三人の中の誰かが招待してくれたのかな。誰とも深い関係になってないのに。

どこにも、属さないアイドルだったりしてね、うふふ。

本当に、心からありがとう。

素敵なお兄さんのような二人、これ以上長く続くとお友達でいられないのも考えてしまう。

二人に会えなくなるのは寂しい。でも、ここでさようならします。

そして私は五十歳の時、出版社に電話をして、大分の鶴田さんと、池袋で待ち合わせた。その時、佐藤さんにも電話して、昔のように三人で会えば良かったのに、先に行動して後から考えがついてくるのか、自分が何も変わっていないのに気がつく。

二十年以上も前になるけど、鶴田さんにひどいことを言って、電話しないでって言ったことを、顔を見るなり思い出した。でも、来てくれてありがとう。

バーのカウンターに座り、相変わらずコーラとおつまみの注文。彼は相変わらず、お酒を。ちょっとだけ聞きたいことがあったのに、目の前のママさんと話をしているので、何も聞けなくて時間だけ過ぎていった。鶴田さんも「何か用があったの？」と聞いてくれない。昔のまんま。ママさんとずっと話していて。やっぱり佐藤さんも呼べば良かった。

私に好意があったという話になり、まずい、まずいと思いながら、

「佐藤さん、どうしてる？」と聞いた。

「胃の手術して、二人それでも、まだ酒飲んでるよ」

「やっぱりね。二人とも、結婚したの」

「うん。アルバイトに来てた人と、結婚した」

「本当、おめでとう、良かったね」

心からおめでとう。佐藤さんにも会いたかった。

今なら、なんでも話せたかもしれない。昔話として。

鶴田さんも、一人で訪ねてきたことがありました。

佐藤さんも、そうだ。勝手に三人で会うのを条件に思ってたから、昔のことだからバラしたかった。本気だって気がついて、女性ならとてもうれしいこと。前から気がついていたのに、ただ無邪気に楽しくて、自分にもうそをつき、友達でいることの難しさを知り、寂しいけれどさようなら。

何十年かぶりに会った鶴田さんは、ずっとママさんと話していたので一、二時間で「またね、私帰る」と言って帰ってきてしまった。次の日、また電話をかけ、「昨日は、ごめんなさい」と。

鶴田さんの電話の声、「何の用があったのか、ずっと考えて、何軒の店で飲んで、どこで飲んだか覚えてないほど、朝まではしごしてしまった」と。今そのまま仕事していると言われた。

いつも肝心なことを言わないで人をまどわせてるんだと、素直に反省してます。「ところで細野さん、まだいますか」って聞いちゃったりして。細野さんに若かりし日の過ちを謝り、ひどい目に遭わせてしまったことを詫び、イタズラ心を封じ込めることを肝に銘じます。

編集者の佐藤さん、鶴田さん、遊び友達でいてくれてありがとう。

ずっと七十歳、八十歳と、お友達でいて、遊んでくれていたら、この世はパラダイス。楽しかったでしょうね。

私だけ望んでいたんだね。

いつまでも、いつまでもロマンチックな私より

私が立ち直れた
救いの二人に
ありがとう、感謝してます

四章　——　軽はずみな行動

結婚を大反対されて

初恋の人に別れを告げ、どうでもいい人生と一時は思った。死ぬほど辛い思いは、もう二度としたくない。それに彼のような人に巡り合うことも、もうないでしょう。

でも自分が選んだ道、誰のせいでもない。前を向き、いつもの明るい自分に戻るしかない。

そんな中でも好奇心と冒険の心は、まだ残っている。相も変わらず友達と、ぶどう狩りに山梨に行ったり、大島に行ったり、それなりに楽しい日々を過ごしていた。久しぶりに会う友達にぶどうを買ってきたので、喫茶店で待ち合わせ、彼女も箱根へ行ってきたと言ってお土産の交換。

コーヒーを飲みながら旅行の話をしている時、隣の席から、男性二人がプレスリーの映画を、銀座のピカデリーに見に行く話をしているのが聞こえてきたので、「一緒に行っていいですか」と見知らぬ男性に声をかけてしまった。いいですよ、一緒に行きましょうということで、一緒に銀座の映画館に行った。

見終わって、友達と男性の一人をいくら捜しても待っていても、見当たらず、結局、もう一人の「慎二」と、二人で帰ることに。

本当に何が悪いって、いつも男性には用心深いのに、私にはちょっと軽はずみな行動をしてしまうこともある。何も考えずに、恋も愛も感じてない人、慎二と二人で食事をして、そこで別れれば何の問題もなかったのに、なぜか彼についていってしまった。寂しかったわけでもないし、男性とつきあいたいとも思ってもいないのに軽はずみな行動が恥ずかしかった。

いろんな話をしている中で、私は年上、彼は明治大学の学生で、それに学生運動をしてることが分かった。成りゆきでこうなってしまったので、話は聞いてあげることにした。別に好きなタイプでもないし、何の感情もなかったので、そこでさよならすればよかったのに、ずるずると彼の話を聞き入ってしまい……。彼の部屋に行って、見渡すと、女性がいるようにきちっとしていた。近くに従兄が住んでいて、親の目がとてもきびしく、もっぱら従兄が時々、様子を見にくると言っていた。東京の近郊都市の出身、旧家の長男で末っ子だった。お母さんが、跡継ぎが生まれるまでと頑張ってできた息子で、お姉さんが四人。

私は、慎二と結婚するなんて考えてもいない。

結婚からずっと逃げて、悲しい思いをし、そして傷つけて、自分も傷つき、今までさまよって生きている。

多分、慎二が強引だったと思う。とても親類の人の目がきびしくて、皆に見つかる前に引っ越して、ないしょで籍を入れてしまった。どうでもいい人生とは思っていても、こんなんでいいのと思った。

結婚を難しく考えて、悩んで、幸せと愛を捨ててきた私。いとも簡単に籍を入れていいのだろうか。あっと言う間の出来事だった。

こんなはずではなかったのに驚くことばかり。え、慎二って二十一歳？　私四歳年上。どうやって生活するの？　なんて、無謀な。

もちろん誰のせいでもない。あんなに悩んで真剣に愛してくれた人に死ぬ思いで別れを告げて、誰とも結婚しないと思ってたのに、よく知らない人と結婚してしまった。自分に納得してなかった。

多分慎二も後悔することになるのでは、と思った。若さだけで物事を決めて、年上だからって私に頼らないでね。

私、わがままで甘えん坊だから、あてにしないでほしい。それに、洋服は贅沢だからね。そこはゆずれないし。

なんでこんなことになるのかな、なんて思って、一人で部屋にいた時、隣の奥さんが、私立探偵らしき人がいろいろ聞きに来たと知らせてくれた。

やっぱり、親類に見つかってしまい、その後大変なことになってしまう。

私が年上なので、慎二のことをだましたことになり、大騒ぎになった。特に義理のお母さんは、尋常ではなかった。

本当に、だましてはいません。そんなに言うなら別れてもいいのよ。それに、旧家なんて一番苦手だから。「相手の両親と一緒に生活すると三日で追い出される」と、よく姉に言われていたことが頭をよぎっていた。

慎二のお姉さんにお母さんと大勢から、私一人責められた。強くもない私がだんだん強くなって、立ち向かっている。

よっぽど、「自分の息子に聞いて。私のこと好きなのは、あなたの息子です」って言ってやりたかった。でも口にしなかった。

毎回、私一人だけ責められてると、どうでもよくなり、「どうぞ好きにして」って気分だ。

何度も会ったが、話し合いではなく、責められてるだけ。

今度は別れてほしいと、手切れ金の話までして本当に大変なことになってしまった。笑いたくなってしまった。

今どきお金でなんとかするつもりですか。バカにしないでね。職業だとか、金持ちだからって考えたこともない。そんな計算高くないし、ただ好きな人と人生歩んでいけたらどんなに幸せなだろうと夢見たことはありました。あなたの息子に恋もしてません。

好きだったわけでもない。そんな時間もなかったし。いつ別れてもいい。誰も私の過去のことは知らないので、一番上の私の姉は、「あんないい青年を育てた義理のお母さんは、悪い人ではない。同じことになったら、自分も同じ気持ちだと思うから、慎二のお姉さんやお母さんを恨んではいけない」と言う。

私は特に好きだったわけではないので、別れると言って大泣き。今度は、私の身内があわてふためいて、誰一人私の味方はいなかった。

本当に好き勝手に生きてきてはいたけど、慎二と出会わなければよかった。それも軽いのりで、こんな人生になるとは努々《ゆめゆめ》思ってもいなかった。

私の身内は、慎二のことが大好き。はっきりしているから。夕飯に食べたいものがありますかって聞けば、「はい。さしみさえあれば」と慎二がはっきり言うので、好感を持たれていた。

私は、姉達と年の離れた末っ子であっても、しつけはきびしかった、姉達は口うるさかった。慎二と結婚した私は、いつも説教されていたような気がする。

ハンカチのアイロンのかけ方がいいかげんとか言われても、今も同じで大雑把。姉二人は神経質で、結婚してからも心配で「慎二に迷惑かけないでね」の電話がくる。

呑気な私も不安になるばかり。やっぱり慎二と結婚して、苦労の連続だった。人間って不思議ね。あんなに体も心も弱かったのに、私は心も体も強くなった。

慎二は無事に大学も卒業。その時は息子がいて、よく大学へ連れて行き、お友達におもちゃのように可愛がってもらっていたようだった。

「私は見せものではない」と言いたいくらい、大学のお友達や後輩が毎日遊びに来て、自分で食べたい料理を私に注文する。その中の一人、晃二は必ず私のお尻をさわる。なぜそうするのか、聞きそびれてしまった。

卒業してからアメリカへ行ってしまったから、何年後かに慎二がアメリカへ行った時、晃二に会ったそうだ。結婚していて子供はいなくて相変わらずだったって言ってた。

日本にいる時、よく彼女を連れてきた。次から次と違う彼女を連れてきて、そのたび、私が邪魔をしたからうまくいかなかったって私に言ってたね。そんなこと一度もしてないのに。

それに私が結婚したら変わったって、慎二のせいだって慎二を責めていたね。

身内のふりして電話をかけて、よく一緒に遊んだ医学生と結婚して、子供を連れてデートした時、子供の顔を見るなりやばい、やばいと言ってた彼。そんなことないでしょう。

何もなかったの知ってるのに、わざと言う彼。

多分、きさくで、明るくて、親しみやすい、お医者さんになってることでしょう。

今でも電話をすれば、東京へ行ったとき会いましょうなんて、声がきこえてきそうです。

いつまでも元気でいてね。

慎二は、早稲田の受験に失敗して明治に。高校からの仲の良い友達は、早稲田と明治に分かれていた。慎二が学生結婚してたのが珍しいのか、毎日のように誰かしら遊びに来る。その中、大学に入ってからの友達に後輩まで、私は休む暇もなかった。

親しいお友達も卒業して広島へ帰ったりで、以前のように多くは来なくなった。ただ、東京に残った友達は、休みの日に遊びに来る。

子育てと慌ただしい毎日でも、若い頃から毎日お化粧して、おしゃれな格好をして、生活は変わらずにしているせいか、結婚したとたん、近所の奥さん達に非難されっぱなし。「子育てもできない。どうせご飯もろくにできない」とか、直接私に嫌みを言ったりする。だが、気にしたことは一度もなかった。なぜって、自分でやらなければいけないことはきちっとやってる自信があったから。それに家族ができても、私の考えがあってのこと、毎日、素敵に暮らしたいから、それが私だから、説明するつもりもないの。生きてる限り、おしゃれでいたいから。

慎二には近所の人の話とか、愚痴は言ったことがなかった。

結婚した時、慎二は「毎日新聞を読みなさい。だんだん話についてこれなくなると、つまらないでしょう？」と言った。

一面からきちっと読むように、どんなに忙しくても、遊びに行っても、それは守っている。それに音楽が好き、本が好き。

家にいても、退屈することはない。なんでも、楽しいことを見つけてしまう。

そして二人目も息子。女の子が欲しかったのに。絶縁していた慎二のお母さんは、

「二人も子供がいるのだから」とやっと結婚を許してもらった。慎二が二十五歳の時に、家を買っていただいた。

新しい友達と車の顛末

若くて家を買ったと見られ、引っ越していった先では、近所の奥さん達に、もっと嫌みを言われた。小さい子供がいるのにおしゃれして、指輪をしてるとか、化粧してるとかうわさが広がり、近所でない人まで来る始末。そして言われっぱなし。「毎日そんな格好させてるご主人は、どんな人なの」など言われても、慎二にはそんな話をしたことがない。

でも少しずつ友達ができてきました。

その中の直子さん、昭子さんと三人で生活クラブをやり始めた。直子さんは、自宅で塾をやっている、おかたい人。だから私と会うと、「あなたのような毛色が違う友達は初めて」と何度も言うの。見かけによらず、三人でポール・モーリアや、アダモのコンサートによく行ったね。塾のない時間は、ほとんど私の所へ来ていた。慎二のことに興味があって、年下で格好いい人と言う。「どこで知り合ったの？」と聞かれても、うふふ。教えられない。そんなに不思議？

「見れば分かるでしょう。私、おしゃれでチャーミングでしょう？」

なんて冗談で話をそらしても、色が白いからかなとか言って、なんとか聞きだそうとしている。教えられないから、あきらめて、ね。

嫌みを言ってた近所の人も、きちっと家事をやっていて、お料理もふるまったりしてるうちに、「見た目と全然違うのね」って仲良くなり、だんだん居心地が良くなってきた。また、康子さんと智恵子さんと顔見知りになり。年上のせいか、智恵子さんは、初めは私とお友達になりたくないと思ったそうです。いつの間にか鈴子さんに、清江ちゃんと、わが家は喫茶店のようににぎやかなコーヒータイムが始まる。

大勢集まっても人の悪口を言わないので、本当に楽しいお姉さん達。

ただ一年に二回は、慎二の実家に行かなければいけない。

私は、良い嫁を演じる。親類の男性達は、「なかなかいい人。どこで見つけた」と慎二に聞いている。慎二も笑ってごまかしてる。

義理のお母さんやお姉さんは、きびしい目で見ているので気が休まらない。せいぜい一泊がいいところ。

自宅へ帰ってくると疲れがどっと出る。

言わなくても慎二は分かっていて、なんでもしてくれる。

「良い嫁を演じられた？」

「うんうん、それでいいよ。ありがとう」

その後、なんだかんだとありました。でも慎二の実家は、次姉さんが婿さんを取り、跡継ぎとなったので、ほっとしている。

自分の誕生日に、勝手に車の免許を取りに教習所に通い始める。慎二にないしょだったのにやっぱりバレてしまった。

教習所に通ってても家のことはきちっとやっているので、怒られることはありませんでした。ただ教習所では、「スピードを出しすぎなので免許取っても乗らないほうがいい」とアドバイスを受ける。

時間もかからず、免許をいただいた、また、慎二に言わないで、車を買ってきてしまった。

それも目立つ真っ赤な色のを。さぞかし困ったと思ったに違いない。でも何も言われなかった。相手もなかなかで、三ヶ月くらいたった頃、「車貸して」と言う。「なぜ？　自分の車があるのに」と聞くと、「乗ってみたいから。いいでしょう？」と。

彼の計画に、まんまと乗せられてしまった。何ヶ月たっても、私の車が帰ってこない。

知り合いの奥さんが病気がちで、車があると便利だからといって、彼は貸してしまったのだ。

いつまでも車が帰ってこないので、「お願いだから返して」と頼んだ。ここで初めて、慎二の心が読めた。「事故が心配で仕事に集中できないから、タクシーを使いなさい」と。

ここで車をあきらめざるをえなかった。

友達の直子さんも、「あなたの運転する車には乗りたくない」と言っていた。多摩公園でゴーカートに乗って、先を行く直子さんにぶつけてばかりだったからね。信用されてなかった。その直子さんは四十歳くらいで、突然この世を去っていってしまった。

昭子さんと二人、なぜ、どうしてと嘆き合った。

直子さんを想う時、朝早くから玄関に打ち水をやり、きちっとしていた様子が浮かぶ。また、直子さんが指を怪我した時、野菜を切ってと頼まれ、台所で野菜をきざみ、食べられない部分だと思って捨てたら怒られたことなどを思い出す。短い時間だったけど良い思い出がたくさんある。出会ってくれてありがとう。

忘れないで、昭子さんと時々話しますね。毛色の違う友達も悪くなかったでしょう？　そちらの世界で友達ができたら、「とても楽しかった」って話してやってね。

寂しいけれど、楽しい思い出を胸に私も頑張るから。

個性豊かな友達

たまには、私の実家にも行く。慎二はとても好感を持たれていて、私が変わったのは慎二のおかげだと感謝されて、彼は喜んでいた。

東京へ帰ってきて、慎二の親類の集まりがあった。長女の方が、「お母さんが、ねこかわいがりして育てたから、こんな出来の悪い息子ができた」と、長長と話をしてとまらなかった。ついに私が、「もう慎二も三十歳。息子二人がいる前で、そんな昔の話をしないで下さい。何も迷惑かけることとしてませんから」と言ってしまった。

その反論がすごかった。

「姉様に向かって何てこと言うの」と。周りを見渡すと、誰一人異議をとなえる人はいなかった。

ああ、こんなに古い考えなんだと思った。それっきりお姉さんに会うこともなかった。

相も変わらず、わが家はお友達が来て、コーヒータイム。

そこで、しょうこちゃんも新しくお友達になって。

清江ちゃんとしょうこちゃんと私の三人で本当によく遊ぶことになる、とぼけた三人。こんなに気が合う友達も、そんなにいないと思う。言いたい放題で、笑いがとまらない。

そんな中でも、私は子宮がんにリューマチ、白血病と言われた。十二月二十九日、「お正月にゆっくり休めないといけないから」と病院の先生からお休みで実家へ帰るのを延ばしていただいて、がん研に行き、ずい液を取り、検査をした。だが、白血病ではなかった、今まで言われた病気が何もなくて病気の疑いはなんだったの。

私は覚悟を決めるのも早かった。生きてるの、あと三ヶ月かな、半年かな、と勝手に思い、毎日、大好きな洋服を買いに行こうかな、と思った。

あの世へ行ってもおしゃれしたいからと、めいっぱい楽しく過ごそうと思う。

誰でもいつかこの世からいなくなる。一度しかない人生、悔いのない生きかたをしたい。勝手なんだよ、私。悲しむ人のことなんて考えてない。

慎二は、大変なことになるよね。私のことが大好きだから。私のためにいろいろな難題を越えてきたからね。そう思ってる彼に対して、私は少し薄情だね。なぜって、「大反対されても結婚してしまったから大恋だ」と、いつまでも皆に言われ続け、そして、「年下の夫でいいね。だからあなたも若いんだ」って今でも言われっぱなし。少々うんざりしている。

清江ちゃんの家の隣に引っ越してきた中国人がいた。北京大学を出てから上智大学も出て、日本で会社を経営していたその人に中国語を習うことにした。ぎょうざを一緒に作ったり勉強もして楽しかったのに、アメリカへ行きたいと言って行ってしまい、単語ぐらいしか覚えていない。

今度は、真澄さんと鈴子さんと、三人でお花を習いに行った。先生がお年なので、やめてしまった。

友達のご主人が東大を出てからハーバード大学へ行き、近況を知らせてくるので、返事を書いて出したところ、字が下手と言われ、ペン習字を習いに行くことにした。

その先生もお年なので、やめると言われ、なんでも中途半端で終わってしまう。

次は、直子さんと三人で生活クラブをやっていた昭子さんにお願いして、お茶を習うことにした。

お茶は結構長い年月、習いに行っていた。昭子さんがひざを痛めてしまい、ここも終わりになってしまった。

ただボーッとしていられないので、デパートへ行き、刺し子を一人でやることにした。友達にプレゼントすると喜んでくれるので、今でも続いている。

さあ、それだけでなく、新しい何かないかしらと探すと、近くでフラダンスをやっている所がある。踊りは大好きだけど、フラダンスはやめておこう。

結局、習い事はこれで終わりになってしまった。

そう、編み物を習いに行った時、私人見知りするの。

先生が、「あなたは人見知りではなくて、好き嫌いが激しいんではないの?」って言われて、そうかもしれないと思った。

私のことが好きで、「あなたに嫌われても、さっぱりした性格が好き」って言う人が、二人くらいいいた。その人達は、私は苦手な人なので、なるべく会わないように逃げていたのを思い出した。

楽しく人生を送りたいので、人の悪口を言ったり、裏表のある人は避けていたかもしれない。

たとえば、野草を一輪見つけては、胸のときめきを感じたり、買ってきた花を花瓶にさして幸せを感じたり……。小さな幸せを見つけて、心豊かに過ごせることは、いくらでもある。そうでないと、人にやさしくできないから。

一度もお世辞を言ったことはない。なぜって私がお世辞を言われるのが嫌いだから。若い時からお世辞を言われてもうれしいと思ったことはなかった。自分のことは、自分が一番知ってるからね。

思いがけない危機に

何事もなく毎日を過ごしていた。でも何事も突然に、想像してないことも起こるんですね……。

慎二は会社を経営していて、だんだんと会社は大きくなっていた。ところが倒産の危機という大変なことになり、私は知らないことだらけ。私は何十億円もの保証人になっていたね。

とても慎重な人なのに……。こういうことも、人生の中ではあるかもしれない。私のほうが、度胸があることに気がついた。

人が困ってる時は責めたりしてはいけないと思いながらも、なにを、どうしたらいいかさっぱり分からなかった。

私にしてみれば、あまりにも大きい額の保証人。確か銀行の方が、紙の上だけのことだから心配するなと、何度も私を説得していたのを思い出した。

結局、弁護士に頼るしかなかった。和広先生に最初の電話をして。「お金ないけど、宝くじ当たったら払うから相談にのって下さい」と。そして会いに行き、先生は私に会うなりお酒を飲みにさそった。とても体の大きい先生で、冗談を言ってる場会ではないのに。そんなに私は遊んでるように見えたの？　分からないことだらけなので、すぐまた会いに行ったり、電話したり。

「今、オウムのことで熊本に来てるから、帰ったら、すぐやるから」と言ってくれました。頼りは、先生しかないからね。

長きにわたり、和広先生には大変お世話になりました。

会うたびにお酒を飲みに行こうと言われ、だんだん会いに行かなくなった。そんなことばかり言うので、友達のようにタメロをきいてごめんなさい。

先生に説教しちゃったりしてね。どっちがどっちだか分からない。紫のスーツを着て行ったから悪いのかもね。色っぽくてごめんなさい、先生。私、さそってないから。編集者の二人と同じで、すごい酒飲み。私はお酒を飲めないので、過ちはおかさないからね。見た目、そんなに乱れてるかしら。意識して、まどわしてないから、ごめんなさい。

和広先生、今度逢いに行こうと思ってます。

長きにわたりお世話になり、二十年以上もお会いしてないと思います。お互い年を取ったので、あんなことはもう言わないと信じて、お礼を言いに行きます。

一時間ぐらいなら、お酒の相手をしてもいいと思ってます。私、まだ若いから、「ババーになったね」って言わないでね。

そして最近、和広先生に突然、数十年ぶりに電話。

「先生お久しぶり」

「今電車に乗るところ、急ぐ?……」

「うん急ぐ。先生の名前使っていいですか。本を、出版するので」

「いいよ安っぽい名前だけど」って言ってくれた。

心の広い、先生に感謝します。

先生は、私と慎二が大恋愛して結婚したと思っているでしょう? その前に大恋愛している話を聞かせてあげるね。楽しみに待っていて。おしゃれして行くから驚かないで下さい。

感謝の気持ちを伝えておかないと後悔するから。


会社が倒産した時も、友達が誰一人私から離れていかなかったのは、とてもうれしかった。

しょうこちゃんは、「あなたがいつもと変わらなかったからよ」って言ってくれた。暗くて辛そうだったら皆離れていくって。なんて良い友達なんでしょう。

友達に何かしてもらいたいわけではない。ただ昔のまんま何事もなかったかのように仲良くしてくれたことに感謝をしていた。

考えてみれば、青春時代のボーイフレンドも、本当に人柄の良い人に巡り合えたと思っている。

お金よりも大切なこと、心豊かになる人の温かさを忘れてはいけないと思う。

笑顔を絶やさないでいられるのも、レストランのカードに「えいえんの女神様」と色紙に書いて下さった方のおかげです。とても感謝しています。

行き当たりばったりの性格なので、誰か目に見えない人が、心配して良い方に導いてくれているのかもしれない。そういう人がいたら、お礼を言わなければいけませんね。


だんだんと年齢を重ねてからの慎二は、とても親切で、私の笑顔に負けてしまうのか、「なんでも笑ってごまかしている」と言いつつうれしそう。そして、幸せそうな顔をしている。

私の友達にも、とても親切で、うれしい。

はるか遠い昔から、お酒を飲みに行こうと、困ってしまうくらいさそわれた。

学校の謝恩会でも、男性の先生二人に、お酒飲みに行きませんかとさそわれ、「私、お酒飲めないいんです」と断った。

「いやいや、お堅い所だからって、そんなこと言わなくてもいいよ」

「本当のことです。先生、うそでしょう?」

残念でしたね。本当に困ってしまう。どこかそういう雰囲気があるんでしょうか。自分には見えないから直しようがない、今度、和広先生に会いに行くから会った時に聞いてみることにしよう。

反省しきり

ある日、友達からの電話で、ある施設にボランティアで食事作りに行く友達が急に行かれなくなったので、私に手伝ってほしいということになり、二人で食事作りに行った。施設の職員さん、私を見るなり、女優さんですかと。「いえいえ、違います」。後で反省をしました。それなりの格好をしていかなければいけなかったのに、いつもの通りおしゃれして行ってしまったことを。でも、そんなに派手な格好ではなかった。いつも、シンプルでデザインは凝ってるものが好きで、そんな格好をしていた。

何も考えてないので、後から反省をする。反省のつみ重ねの毎日。

しっかり者の友達に、おとぼけの友達、それぞれ個性がある。何事も良い方に考える。そのほうが幸せだから。

私が小学生の時に大好きだった人が、次から次へ私の前から姿を消して、この世を去っていってしまった。

甘えん坊な私は、それぞれの姿を追い求めたが、叶えられる願いではなかった。とても寂しくて、深くものを考えるようになった。死んだら何もないのではなくて、別の世界があって、そちらで楽しく過ごしていると思い込むことにした。

いつか会えることにして、身に余ったら抱きしめてもらい、「こちらの世界でいい子にしていたよ」って言いたいけど、いい子ではなかった。だから長生きしたいと、一度も思ったことはなかった。いつ死んでも後悔しないように、短い年数で人の何倍もいろいろなことを経験してしまった。

あの時代では珍しく、母は教育ママだったと姉に聞いた。

姉は勉強は嫌いだったって。うっすらと覚えていることは、本屋さんが本を届けにきたこと。私のことを教育できなかったこと、母はあちらで悔やんでいるでしょう。可愛くて可愛くて、病院で私に会いたくて、頭がおかしくなるって言ってたそうですね。それを心配して、私を病院に連れて行かなかった。ひどいよね。私も会いたかったのに。もっと長く生きていてくれれば、私の人生も大きく変わったのにとも思う。でも、安心してね。愛情たっぷりに育ちました。

お母さんが生きていた時と同じくわがままは直ってません。

初恋の人に、二度目に会った時、わがままで甘えん坊だねって、言われてしまった。身に覚えがないのに、するどい人だと思った。

とても素敵で心温かい人に恵まれて、幸せに暮らしています。それも愛情たっぷりに育ててくれたおかげです。

それで友達に愛情を分けることができている。お母さん達は、会った時に私のこれまでを話したら笑うでしょう。毎日おとぼけで、楽しい日々を過ごせている。似た者同士なの。失敗だらけで、失敗を笑いに変えてしまう天才がいるの。

清江ちゃんが若い時、お仕事していた時の話。上司から「何か書いて」と言われ、上司の背中をかいた話は、笑いがとまらない。

清江ちゃんのこと、笑っていられません。私も、智恵子さんの家に行くのに、その家を間違えてしまった。智恵子さんは一人暮らしなのに、その家には大人が二人、子供が二人いた。それを私は親類の人が泊まりにきていると勝手に思い込み、入ろうとして初めて内装が違うことに気がついた。その家の人に謝って、智恵子さんに顛末を話したところ、ご夫婦ともにお話しできない人だと分かった。なんで気がつかないのかな。美知子ちゃんに言わせれば、私の行動がジェット機なみなんだそう。それなんだ。若い時にすべて失敗したの。直らないものなのでしょうか、それとも病気かしら。慎二には失敗したことを何一つ報告したことないね。

東京プリンスホテルに行った時、俳優の勝野洋さんとキャシー中島さんとの披露宴が行われているところに遭遇する。階段で写真撮影をしていた。ああ、どうしよう。私はその階段を上り、上の階に行かなければいけなかった。少し待っていて、あわてて上の階に着いたのはいいけれど、また失敗。とても恥ずかしくて書くことはできない思い出。自分一人だけの胸に納めておこう。やはり石橋をたたいて渡れない。一気に十段飛びしている。

今のところ、他人に迷惑をかける失敗はしていないので、一安心。

若い頃を思い出す。まりの家に何度も泊まりに行き、まりも何度も私の所に泊まりに来てたのに、今もって苗字を知らない。忘れたのではなくて、初めから知らなかった。私と知り合いになる人はすべて信用して、名前はどうでもよかったのね。その証拠に青春時代からの友達はいまだに続いていて、とてもうれしい。

秋になると、康子さん、鈴子さん、智恵子さんと飯能に彼岸花の群生を見に行ったり、近場の箱根に熱海にと、思い出をたくさん作ったね。一度しかない人生だもの。元総理大臣の小泉純一郎氏の「人生いろいろ」の言葉、本当にそうです。

鈴子さん、智恵子さん、私と三人で明治神宮に行って、とても良い天気だったので、六本木まで歩いて散歩しましょうって提案した。智恵子さんは心配性なので難色を示したけど、何かあればタクシーに乗ればいい、と少し強引に説得。プラプラと歩いて青山墓地に行く。少し坂道を登って、なんだかんだとおしゃべりしながら六本木まで。六十代、まだまだ冒険の心あり。

仲良くしている友達にしても、私にしても、いいことばかりではない。それぞれに、突然不幸なことが起こる。

学校の先生をしていた智恵子さんのご主人は、四十代であの世へ旅立っていってしまった。

それでも、残された者は、前を向いて生きていくしかない。

それに清江ちゃんは、結婚して子供が二人いて、幸せに暮らしていた娘さんが病気で、この世を去ってしまった。あまりにも若くて、なぐさめの言葉が出なかった私。

友達の娘さんでも、思い出は今も胸に残っている。

こうして日々、辛いことも、楽しいこともたくさんある。中でも一瞬のときめきを忘れないでいたい。

野草一輪を見つけて胸がときめき、花を一輪、花瓶にいけては胸をときめかせて幸せを感じている。清江ちゃんが、「おしゃれは一瞬のときめきと若がえり」と言った、その通り、私は洋服が大好き。好きすぎて困ってしまう。今のところイトキンのジャンニロが、シンプルでデザインが好き。そして、コシノヒロコも大好き。私が行く所のコシノヒロコの店長さんはとても魅力的な人。買うつもりでなくても、つい顔を出してしまう。買うつもりでなかったのに、買ってしまう。やっぱり行き当たりばったり。お出掛けの時だけ着るのではなく、普段に着て、お使いに行ったりの毎日。

必ず慎二には、買ってきた洋服を着て見せる。「おお、格好いい。シャレてるー」と言ってくれる。

久しぶりに会った友達にも、「飽きたら、その洋服下さい」と言われる。何人も待ってるから、いつになるか分からないね。

そんなわけで、鈴子さんと出掛けた時、ナンパされた。鈴子さんが私の後ろ姿を見て、「太ってなく姿勢が良いので、若く見える」って二人で大笑いしたね。

五十代でハンサムな人だったね。追いかけてきて、少し話したけど、親切な人だったね。食事をしたところのお客さんのようだった。またこの店に来てねって、言っていた。

確かにあの時着ていた洋服、友達の皆さんが素敵って言ってた。

美容院の方もやたらと洋服をほめていたから、そうなんでしょう。ほめられてうれしいと思わないから、私変わっているのかも。他人の目を気にしたことがなく、自分でおしゃれして、いくつになってもチャーミングでいたいだけだから。自我が強くて、友達から見ても変わってるのかもしれない。

何年ぶりかで会った信子さんは、「昔と変わらないね。明るくて、いいこと、いいこと」って笑っていた。

そうか、「えいえんの女神様」って書いて下さった方のおかげかもしれない。

慎二には、何でも笑ってごまかしてるって言われてるけど、青春時代は、気はやさしくて、弱くて、でも行動力だけはあったような気がする。

すべて、違う方向へ行ってしまっていた。美知子ちゃんの言う通り、行動がジェット機なみだ。そう、後から考えがついてくる。そこから歯車がくるってきてるのに気がつかなくて……。でも、輝いていて幸せな時もあった。

苦しくて苦しくて涙が涸れた時もあった。

いろいろな経験をして、丈夫にもなった。

すべてのことに感謝している。


美知子ちゃんは「良き夫と良い子に恵まれて、幸せ者なのよ」と私に突然言った。「ルーシーショー」というタイムラインで楽しんでいることを慎二に言うと、高校生みたいだねって。

私が楽しい日々を過ごしていることが、慎二は一番うれしいみたい。お友達の皆さんに感謝しているみたいです。

先日、「背が縮んだみたいだね。はしでつまんで持って歩いてやるね」って、冗談を言っていました。


12月12日。

久々に、清江ちゃん、美知子ちゃん、私と三人でおでかけ。栄子さん、残念ながらコロナで行けなくなってしまいました。あんなに楽しみにしてたのに、カレー届けますから待っていてね。

慎二さんの知り合いのインドカレーを食べに新宿まで。予約して頂いてたので、その日はお天気も良くて……

パキスタン人、どんな人でしょうと胸ふくらませて。

お店を何軒も経営してる、社長さん、奥さんは日本人。ご夫婦で、素敵な方。私達の席のそばに座り慎二さんの話とか、色々気を使わせてしまいました。

カレーは、チキンカレー、ほうれん草カレー、バターチキンカレーと三種類に、ナンはゴマ、ナッツ、シンプルと三種類を注文。三人でシェアして食べました。

こういう注文のしかたで、こんなにおいしく、インドカレーを食べたの初めて。

社長さん、「慎二さんとてもいい人、もっとめんどう見てほしい」（笑）。

はい分りました。伝えます。とても積極的で、愛嬌のある人。ほんとうに、楽しい、ひとときでした。清江ちゃん、ウルドゥー語きいちゃったり、ラインに四人で撮った

写真送ったり、社長さんに気に入られたみたいで、

「家が近いので自宅の方にぜひ遊びに来て」

と言われ、パキスタンの生活ってどんなだろうと、一瞬頭をよぎった。

でも今回は見送ることにしました。

一歩、外に出れば、新しい出会いがあり素敵な人達の、ほっこりした、時間でした。

楽しいひとときを、ありがとう。


清江ちゃんと、美知子ちゃんに苦しい胸のうちを話してから慎二との出会いも話しましたね。

清江ちゃん、

「知らない人と結婚したの、ほんと。うそでしょう、信じられない。だって、見た目も格好いいいし中身も素晴らしい人だね」

って。

ありがとう
結婚に自信がないのと
籠の鳥になりたくなかった私
タンポポの綿毛も
あんなにもがいて、あがいてたのに
すっかり籠の鳥に
それなりに、素敵な日々を送っています

五章

幸せを紡ぐ手

東京で初めての友達

綾女ちゃん

彼女は私とちがい、東京駅近くのビルの中にある美容室で、結婚するまで勤務していました。

日暮里へよく遊びに行き、上野まで散歩したり、生地問屋を見て回ったり。綾女ちゃんのお母さんには、よくご飯をご馳走になった。二人で銀座に音楽を聴きに行き、沼袋に泊まりに来た日は新宿に映画を見に行き、東中野には洋服を仕立てていただきに行き、横浜の地下街にはアクセサリーを見にと。下町っ子らしく、よく浅草にも行きましたね。本当にいろいろな所へ案内していただきました。

まり

原宿でお友達になったようですね。

よく沼袋の私の部屋に泊まりに来て、また私もまりの自宅、千歳烏山へ泊まりに行ったのに、今でも苗字を知らないでいる。黙って引っ越しても、いつも捜して来ていたね。要町のことがあってから捜して来なくなった。あの時にいたのは、まりだったかもしれない。もう一人、誰だったのかしら。あまりのショックで覚えてない。すべて私が悪いのは分かっていた。あれから私の人生は大きく変わってしまった。幸せになってはいけないと思ってしまった。

まりに、もう一度逢いたい。

秋代さん

私と友達になってから、沼袋へ引っ越してきてしまったね。

よくお姉さんの家へ泊まりに行ったね。ゲートをくぐり、違う国へ。好奇心の強い私は、ワクワクだった。

あなたが少々乱れてたので、ちょっと説教みたいなこと言って、秋代のこと思って言ったつもりだったのに私の前から姿を消してしまったね。ごめんね。

ユウと私が結婚したと思ってることでしょうね。
元気にしていることを願ってます。

鳥取の敬ちゃん
ユウとのこと、うらやましいなあ――なんて言って、「輝美ちゃん、ユウと一緒だと輝いてる」って言ってくれたんだよね。二人でゲイバーに行った時は、ユウとは別れていたんだけど言い出せなくて。敬ちゃんはなんとなく気がついてて、どうなってるのって聞かれた時、私は返事ができないでいたね。なんとなく言いづらかった。
その後に、敬ちゃんは東京からいなくなってしまったね。鳥取へ帰るって。寂しくなった。

美香さん
コマ劇場に連れて行った時、ダンスの相手と二十歳のときに、十歳年上の人とすぐ結婚してしまったね。人それぞれ。

今でも、一年に一度は会う友達でいる。
ちょっとしたことで、人生が大きく変わっていくことも知らないで。

葛飾区の恵子ちゃん
予約なしの大阪、京都の十二月三十一日の旅行に行ったね。
恵子ちゃん、もう一度会いたい。

八戸の浩子さんは美容師
友達になったのはいいけれど、ほとんど振り回されっぱなし。ある宗教に熱心すぎて、今思い出しても笑ってしまう。二人の生活だったね。

文代は、デパートでの友達
埼玉から通うのがちょっと時間がかかるので、よく泊まりに来てたね。本が大好きだったね。

せまい所にベッド一つ、二人で寝て、本を読んでたり。若いってせまくても気にせず、楽しかった。

信子さん
どこで知り合ったか覚えてないけど、後に姉妹のようなつきあいになっていく。

信子さんは、福岡出身。弟のとしちゃんと一緒に住んでいた。としちゃんは大学生。そこへ私が泊まりに行く。

彼女は働き者、そして、遊びもする。お互いにいろいろありました。本当によく助けていただいた。

慎二と結婚してから苦労の連続だったから、なんでも頼りにしてたのに、「慎二とどこで知り合ったの?」って聞かれた。

誰にも何にも話さない自分に気がついたしだいだった。

いまだによく知らない人と結婚したとは言えない。

その後は、芳枝さんは成田空港の近くで、遠いので、君子さんと、デパートの仕事場でお友達になり、今でも一年に一度は会う長いおつきあい。とても便利な時代。会わなくても、時々ラインでのやりとり。本当に長いおつきあい。

気の合う仲間

清江ちゃんとの出会い

清江ちゃんは突然、「こんにちはー」とわが家に来た。その時、私は掃除機をかけていて、服装はベージュの上下にお化粧していて、頭には白いタオルでハチマキ、不思議な格好をしてたかしら。

「お出掛けですか」「いえいえ、掃除してます」

私三十歳、清江ちゃん二十六歳だったね。それが初めての出会い。

ここからなんと五十年近くになるね。

腐れ縁とは言わないでね。

清江ちゃんのおかげで、どんなに人生が豊かになったことでしょうか。清江ちゃんは気がついてない。

「私ね、純情可憐なの」と言えば、不純もあるなんて話になって、笑ってしまう。

しばらく後にしょうこちゃんとお友達になり、清江ちゃんと三人組に。こんなに気が合うお友達って、そういないと思う。


しょうこちゃんは、とてもおしゃれ。私大好き、おしゃれしてる人。

もちろん家事はきちっとした後、空いている時間に、清江ちゃんの車で荻窪へ。雑貨店へ入り、器を買ったり。

飯田橋まで足を延ばして、また器を買ったりランチしてコーヒーにケーキと。何を話したか覚えてないけれど、道中笑いっぱなし。言いたい放題、聞くほうも、右から左へと流してる。まるで、漫才の掛け合いのように。

清江ちゃんがいない時は、しょうこちゃんから「今日遊ぶ時間ありますか」って電話がかかってくる。「はい、完璧に家事は終わってます。見に来ますか」と答え、笑ってしまう。遅い昼食をしながら散歩したね。遠くまで歩きで、必ず素敵なお店を探して入って、買ったり、見るだけだったり。

しょうこちゃんは家事が終わったら、体も心も家にはいられなくなったね。必ず、遊ぶ時間ありますかって電話がかかってくるようになっていた。好奇心旺盛な私は、待ってましたとばかりに答える。本当に数えきれないほどいろいろな所へ行ったね。

お互いに遠慮のない会話で、明るくて笑いっぱなし。実りのある会話はない。漫才そのものだった。

ただ気が合い、そして趣味も同じ。

何年も、何十年も「今日ひまですか」って。今も耳に残っている。

しょうこちゃん、私に「友達でいてくれてありがとう」って、喫茶店でコーヒーを飲みながら、ニコニコして言ってたね。

私も、しょうこちゃんに、「素敵なお友達で、なんでも話せて、幸せな時間をありがとう」って。二人の喫茶店での会話。どうでもいい話に花を咲かせて。

清江ちゃんがいる時は、もう荻窪は飽きたので吉祥寺へと清江ちゃんの車で出掛けていく。アンティークの家具屋へ入ったり。

そして、三人の誕生日には、必ず葡萄屋に。ステーキだったりビーフシチューだったりで、お祝いしてから町へ出て、素敵な雑貨屋さんめぐりをして、ブラブラ。必要でない物を買ってしまったり。

深刻な話は一度もなかったね。

長く三人でおつきあいして、いつまでも続くものと思っていたのに、こんなに幸せでいいのかしらと言ったしょうこちゃんは、あっと言う間にこの世を去ってしまった。

具合が悪いの、何も知らなかった。

喫茶店に入り、コーヒーを飲んでいる時、私に「腰が痛い」と言ったのに、「誰にもあるんじゃない？」と、軽く言ってしまった。

アスベストによる肺がんだったのを後で知ることになる。

それを私と清江ちゃんには告げなかったね。いつもの通り散歩したり食事をしたり。しょうこちゃんの実家は六本木ヒルズなので、たくさん小遣いを持っていた。いつもと変わらず散歩しながらたくさんの洋服を買っていた。本人は病気を知りながら、どんな気持ちで買っていたんだろうか。しょうこちゃん、だんだんとやせてきていたのに、なんにも気がつかなくてごめんね。レストランに入って食事をしていても今までのように食べられないので、無理に私に食べさせて、「私を太らせるつもり？」なんて冗談言って。なぜ言ってくれなかったの。

まだ病気を知らない私に、ご主人が一人になった時、「お金があると女の人ができるかしら」と言われ、自分で、死んでいなくなった後はご主人しだいだねって軽く言ってしまった。

やっぱり頭の中は複雑だったんでしょう。

清江ちゃんの誕生日は十一月なのに、十月にしようって。早くしよう、早くしようという電話があった。何も気がつかなくて、十月に吉祥寺の葡萄屋に食事をしに行き、清江ちゃんの誕生会をやって、相も変わらずデパートで洋服を見たり、吉祥寺の町をブラブラと。本当に楽しい一日を過ごして。

それからも何度か、「時間ありますか」って聞かれ、「遊ぶ時間ありますよ」と答えた。

夕方、彼女が家に帰る後ろ姿を見て、「大丈夫かな。もっとたくさん食べてと今度会う時は言わなければ」と思った。

しょうこちゃんとそれが最後になるなんて思ってもいなかった。

今度はしょうこちゃんの誕生日なので電話をした。電話で話はできるけれど、会うことはかなわなかった。まだ病気のことは言わない。何かあるとはうすうす分かってきたので、少しそっとしておこうと思った。

それから、しばらく時間を置き、連絡を絶っていた。しょうこちゃんから電話をかけてきて、久しぶりにまた楽しい話に花を咲かせ、本当に病気かしらと思ったほど、長い長い電話になった。よほど体調が良かったんだと想像する。それを最後に入院することになったそうです。入院も、短い期間だった。

本当にしょうこちゃん、この世にさよならしてしまった。

私の友達は、しょうこちゃんと仲が良いのを皆さん知っていて、私のことを心配していたそうです。

後にしょうこちゃんの家へ行った時、ご主人から、私にとても感謝していたこと、「人生を楽しくしていただいてありがとう」って言われた時は、胸の奥から一気にこらえていた涙があふれだし、とまらなかった。

人生、いろいろあるとは思う。でも、私は小学三年生で大好きな母が亡くなり、人生観まで変えてしまった。

なぜ？　大好きな人を私から奪っていってしまうの？　めったに、人を好きにならない私に、やっといい友達ができたとうれしかったのに。

しょうこちゃんがこの世を去り、なかなか足を延ばせなかった吉祥寺へ、十年ぶりに清江ちゃんと二人で行った。しょうこちゃんとの思い出の場所へ。一緒に遊んだ所は、そのままなのにしょうこちゃんだけいない。

清江ちゃんは涼しい顔して、そして自信ありげに、「銀の鈴って店、分かりますか」って、ガスの検針か何かのお仕事中のおじさんに聞いた。仕事中なのに、いろいろ調べていただき、「イヤー、このあたりにはないですね」という返事。

おじさんにお礼を言って、今度は歩いている人に聞いたり、何人か集まってきて、調べて回っていただいた。清江ちゃんいわく、「呆れるほど振り回して」、ごめんなさい。

その時、私は、「銀の鈴でなく、別の名前では？」と思いながらも、言い出せなかった。銀の鈴が東京駅の待ち合わせ場所のことだと知っていたから。でも、あまりにも清江ちゃんが自信ありげなのと、「葡萄屋」（葡萄屋は二〇二〇年七月に閉店）の名前が頭に浮かばない。うーん、とうなりながら思い出そうとしてる時、若い男女が来て、「葡萄屋じゃないの？」と言った時、やっと思い出した。葡萄屋だった。思い出しながら捜して行ってみると、葡萄屋さん、ビルごとなくなっていた。

吉祥寺の皆さんのご親切に感激した。ありがとう。とても親切な方ばかりだった。

しょうこちゃん、清江ちゃんとあなたとの思い出の場所に来てるのよ。姿は見えないけど、一緒に見てるでしょう？

ケラケラと笑うしょうこちゃん、いつまでも忘れないからね。

清江ちゃん、やっぱり二人だと寂しいね。

「しょうこちゃん、迎えに行くか」

「いやいや、そのうち迎えに来るから」

それまで、二人で楽しく忘れないためにも時々来ましょう。

そして清江ちゃんとは、時々、吉祥寺に来ている。


暮れも押し迫ってる時で、すごく寒い日だった。

ガソリンスタンドで店員さんが窓をふき終わり、カードも返してくれたので、終わったと思い、車を発進。

隣のトラックの運転手がニコニコしながら口を動かすので、窓も開けず、こちらもニコニコしながら手を振っちゃって。その運転手さんが手で後ろを指さすのでバックミラーを見ると、なんと、びっくり。スタンドのお兄さんはまだ給油が終わってなくて、ホースをつけたまま車と共に走っていた。大通りに出る寸前だった。

ああ無事で良かったと胸をなでおろし、運転手さん、ありがとう。

スタンドが倒れたら、どうなってるかしら。

隣の運転手さんが注意してくれてたのに、ほほえんで手を振っちゃって……。無事だったおかげもあり、スタンドを離れてから、笑いがとまらなかったね。

多分、あの運転手さんも、なに勘違いしてるんだと笑いがとまらなかったと思う。

車の中で笑いがとまらないまま、家の近くまで来た時、やきいも屋さんがいたので車を降りて、やきいもを買うことにした。

まだまだ笑いがとまらなかった。やきいもやさんに「この暮れに、そんなに楽しいことあったの？　うらやましい」って言われて、スタンドの話をしてあげたね。

やきいもやのお兄さん、「危なかったね。無事でなによりだった」って、一緒に笑ってた。

数えきれないくらいの失敗はあるけど、つい最近のこと、また清江ちゃんと一緒に二人で食事を終えて、商店街ではなく裏通りを通って、家路を急いでいた。

私達の先に、知り合いの宮本さんが見えた。その人は腰を痛めているので、息子さんと一緒に歩いている。お花作りをしている方なので、声が聞こえるところまで行って、「お花をいただいていいですか？」と話しかけると、「どうぞ、持っていって下さい」というお返事。その後、息子さんが私達のところまで来てくれたとばかり思って、私はお礼を言った。すると、清江ちゃんが電柱に寄りかかってお腹を抱えて笑っている。どうも私は、通りすがりの人にお礼を言ったらしい。通りすがりの人は、「いいえ」って顔を赤くしてたって。遠くを見たら、息子さんがそこで待っている姿がありました。

わざとやってるわけではないのだけれど……。

やっぱり慎二は、見る目があるんだね。早くに私から車を取り上げてしまったのは、今だと分かるような気がする。

忘れえぬ人

私の友達は、横のつながりが少ない。

真澄さんとのお別れも悲しかった。

お友達は、私しかいなかったね。ご主人の胃腸内科を手伝っていたので、友達づきあいする時間がなかったのもある。

お昼のちょっとした時間だったり、病院がお休みの日で先生がいない時に一緒に過ごした。「彼岸花の群生の所へ連れてって」と言えば、飯能に連れて行き、おいしい食べる所があると言えば「連れてって」と言ってたね。とても真面目でお花も一緒に習いに行き、私がお茶のおけいこへ行ってると言えば、時間がないのに、ふくさを作ってくれたり。

真澄さん、派手な私に「お友達になりたい」と言ってきたのはあなただけ。とてもうれしかったのを覚えている。時間のないあなただから、なるべく行きたい所へ連れて行った。

実家が京都で、山菜を送ってきたと言って料理を作って私に持ってきてくれた、忙しいのに本当によく動いてたね。

真澄さんを想う時、私が正樹さんと結婚してたら「もしかして私だったかしら」と、チラッと頭をよぎる時もあった。

しょうこちゃんがいなくなって何年もたたないうちに、今度は真澄さんが病気に。あなたも何も教えてくれなかった。

ただ、ひんぱんに私に逢いに来るようになったね。

最後に京都の実家へ行ってくると、顔を見せに来た時は、すでに病はどうにもならなくなっていたのに我慢強くて、誰にも言わずにいた。京都から帰ってきたと言って顔を見せに来て、次の日は入院してしまった。

毎日、顔を見せに病院に行ってるのに、私の顔を見るなり、「一番会いたい人に会えてうれしい」と言ったその夜に、帰らぬ人になってしまった。

真澄さん、決して忘れないでいるからね。

人それぞれ人生がある。真澄さん、幸せだったの？　なんとなく真澄さんを想う時、寂しさを感じてしまう。もっともっと楽しくしてあげれば良かった。私の明るさが好きだったよね。よく言ってくれていたから。少しは役に立てたかしら。

先生は医院を閉じてしまった。

大好きな人が私の前から姿を消していってしまったが、たくさんの楽しい思い出は忘れません。

こうして、真澄さんを思い出しながら書いている時、「先生が亡くなった」と知らせが入った。

すぐに後悔した。また来るねって言ってから、ずいぶん時間がたってしまっていた。もう一度、ご主人とも話したかったのに。清江ちゃんと二人で、どうしてるかなと思い、家を訪ねて行った時、いろいろな話をしたのが最後になってしまいました。

息子さんが病気だったので息子さんが亡くなったこと、ちょっと息子のこと心配だったね。

先生、息子さんを見送って、安心したのかな。

あの無口な先生が私に、「真澄が、輝美さんと友達だったのは、すごくうれしかったし、見る目がある」って。多分、真澄さんが亡くなった時、私が知り合いに連絡したことへの感謝の気持ちだったんだと思う。

なにしろ無口な先生だったから。親しくなると身内のようになってたからね。私が会いに行くのを待ってたと思う。ごめんなさい。

でも、真澄さん、お兄ちゃんと先生と三人で会ってるね。

そちらの世界で仲良くしていてくれることと思い、寂しいけれど、思い出をたくさん胸に秘めておきます。先生、お世話になりました。

私はもう少しこちらの世界で頑張ってみます。

姉妹のように仲が良かった友達は信子さん。

若い時、早稲田大学の政経学部へ行ってる幹郎さんから時々、お酒を飲む相手がいないからと連絡があり、一緒にお酒を飲みに行っていた。そのうち「実家に帰らなければいけなくなったから、誰か、嫁さんになる人いないかな？」と相談される。田舎へ帰ってから探せばいいんじゃないの、と私は思った。

幹郎さんも、編集者達と同じで、お酒が大好き。とても強いので、誰かと言われても、すぐには思いつかなかった。そんな話の中で、信子さんの仕事場を教えてしまった。

幹郎さんが信子さんに興味を持ったので、「急がないで少しずつ会ってね」ということと、「私の話はしないでね」と念を押した。彼は、さりげなく彼女の職場に行って、信子さんを見たの。二人のなれそめに関する、私と幹郎さんとの秘密の話だった。

幸せでなかったらごめんなさい。一度そのようなこと言ったたって、幹郎さんから聞いたので、なかなか言い出せなかった。

コロナ禍の中、久しぶりに会って、「昔から何も変わらなくて明るくてチャーミングね」って、「いいこと、いいこと」って笑ってたね。

ありがとう。若い時から楽しいことも、苦しいこともあったね。

池袋で食事をした後、昔の池袋へ行ってみて、日本ではないようだった。町も汚かった。

「福岡に嫁に行かなかったの？　すごくいい所だよ」って言ったね。

彼女は現実的で、なんでも簡単に言う。

そうでありたかった。相談してれば良かった。誰にも話したことなかったのに、なぜ今頃になって、彼女に話したんでしょう。久しぶりなのと懐かしさのあまり、つい昔の話をしてしまった。

朝までボウリングを一緒にやって、遊んだ弟のとしちゃんにも会いたかった。今北海道にゴルフ行ってるからって会えなかった。としちゃん、誰でも知ってる会社のトップまで出世したね、うれしいね。

一度、としちゃんと電話で話した時、受話器の向こうの声に、昔に戻った感じで、とても懐かしかった。

今度会う時、ぜひとしちゃんも、一緒に来てね。楽しみにしてます。

まだたくさん話したいことあるから、信子さん、いつまでも元気でいてね。また、お逢いしたいから。

「何年かぶりで昔の友達、信子さんに会ってきます」と四人でやってる「ルーシーショー」のラインに書くと、清江ちゃんは「会ったこともないけど、親しみいっぱい。とても知らない人には思えません。たくさん楽しんできてね。信子さんと、久しぶり

のデート楽しんでね」と。
心やさしい友に、ありがとう。

これからもよろしくね

こうして、遊び人の私達は、玉置浩二と東京フィルハーモニー交響楽団のコンサートに清江ちゃん、栄子さん、私と三人で聴きに行った。久々に感激した栄子さん、手が赤くなるほど拍手して、手が痛いって言ってたね。

本当に素晴らしかった。胸が熱くなるほど感激した。最後に、玉置浩二さんも涙ぐんでいた。

その前に、清江ちゃんと、二人で、ＡＳＫＡのコンサート、谷村新司、徹子の部屋コンサートへ。青春時代からずっと、数えきれないほど、ほとんどのニューミュージックのコンサートへ行ってきた。これからも続くことでしょう。

とても便利な時代になった。座ったまま、「アレクサー、ビートルズかけて」「リチャード・クレイダーマンかけて」と言えば、勝手に音楽が流れてくる。

花一輪でも心がなごむ。私達は、友達それぞれの庭の花をいただき、部屋に飾り、または今日のお料理は何にするとかラインで報告し合ったり、本を一冊買えば皆で回して読んだり。一日、家事をするばかりではなく、時々、四人がひまな時は、皆で集まり、お昼を作って食べたり、どうでもいい話に花を咲かせたりの毎日。

デパートが大好きな私は、雨が降っていても、一人でデパートへ行き、運動にもなるのでいろいろ見て歩き、気に入ったものがあれば買う。大満足の日々。

マイケル・ジャクソンの音楽はとても運動にいいので時々、一人で踊っている。友達にムーンウオークのやり方を教えたりで、大笑い。「ルーシーショー」の集まりで。お友達の中で、いつも鈴子さんには振り回されっぱなし。突然、「今日お天気がいいから八王子行かない？」「飯能のお寺の所に美しい桜があるから行かない」と送っ

てくる。すぐその話に乗ってしまい、箱根にも何度も、鎌倉に、横浜の中華街にと、どれだけ遊びに行ったことか。相手がいないと遊べないからと、すぐ話に乗ってしまう。

でも、夕飯の支度には間に合うように帰ってくる真面目さがいい。

その彼女は、ひざが痛いと言って、最近は遊んでくれないから寂しい。でも、生活クラブをやっているので、一週間に一度は顔を見られて、元気でいることに安心している。

お友達でも、長男、長女ってこんなに違うんだと、つくづく感じることがある。

康子さんは、年上で長女。お姉さんのような人。

しっかり者で、石橋をたたいても渡れない人と本人が言っていた。同じ血液型でも、私は、石橋を飛んで、着地に失敗。いつも笑いの種をまいている。

若い頃は、近場だけど、よく旅行に行ったね。

今度京都へ旅行しようと言ってたのに、ちょっと体調をくずしてしまい、残念。行

けそうもないね。でも元気な顔を見られるだけでも、うれしい。そして、いつも私の夫慎二のことを、若くていいねって言う。

私のほうが若いでしょう？

会社が大変なことになった時、大変お世話になりました。ありがとうございました。

智恵子さんは私より十歳年上。とても健康に気をつけていて元気にしている。神経質でセンチメンタルなので、時々なぐさめなければいけない場面もある。とてもやさしくて気づかいの人でもある。泣き虫で、心が繊細なんでしょうね。

智恵子さんは、「あなたの性格が正直で、まっすぐなところが大好き」と言ってくれる。でも、どきっとすることも言われてしまう。「あなたの言葉はきつい時もあるけど、私のことを思って言ってくれていると知っている。それで反省したりしているのよ」と言われたことがある。

いろいろなことがあっても、楽しいことだけを胸に日々過ごしたほうが幸せかと思うんだけど、人それぞれだ。智恵子さんのところには、時々顔見せに行き、楽しい話をして笑わせるしかない。真面目すぎる人だから。

グループメッセージで、まだまだ青春

コロナ禍になって、今までのように皆さんに会えたくなったところで、清江ちゃんが「ルーシーショー」と名づけ、ラインで遊ぶことに。清江ちゃん、美知子ちゃん、私と三人で後に栄子さんも加わり、さあ、ショウタイムの始まりだ。

俳句あり、お笑いあり。詩あり、お花の写真に、美知子ちゃんは、描いた絵をラインで送ってくれたり、清江ちゃんに蜜蝋を教わり、それぞれの家でやったり。本当に芸達者ばかりで、一日がとても充実している。

こうして、毎日、楽しい日々を過ごせているのも皆さんのおかげです。

会社が大変な時、お世話になりました。感謝しております。

あの時は、毎日が経験したことのないことばかりだった。

そのおかげで甘ちゃんだった私も、体も心も強くなった。そして誰一人、私から

去っていかなかったことに、とてもうれしく思っています。

人それぞれ個性があります、心やさしくて、素敵なお友達。

いつまでも、いつまでも永遠に。


新型コロナウイルスのワクチンを打ちに、かかりつけ医院に行った時の話。

看護師さんが、私の洋服の左腕をめくった時、タンクトップまで脱げてしまい、ブラジャー姿になってしまった。

先生が「ブラジャー、色っぽいね」って言ってしまい、別にふつぅのブラジャーなのに、先生は、あわてて違う話をしたり、私も笑っちゃったりして。

またそれを、「ルーシーショー」にラインをしてしまった。その反応が、「そのブラジャー欲しい」だった！　皆さんも、私も同じブラジャーです。

すぐ話に乗る友達が、後日医院に行った時、やたらと先生が気にしていて、私が笑ってたとか、いろいろ言ってたみたいだった。

私の主治医は、いつも冗談言って、笑っていたのに。この一件以来、真顔のままで、

先生気にしなくていいです。（ちょっとした話です）

令和四年十月二十六日。

朝から太陽がまぶしいくらいの秋晴れ。

清江ちゃん、美知子ちゃん、栄子さんに送ったメッセージ。

「とても苦しかった昭和のトンネルから今日、令和に戻り、書いているものを完結させています。今日の秋晴れのように私の心もすっきりすることを願って。

学びの旅路でした。

美知子ちゃん、書く紙が足りないと言えばたくさん用意してくれたり、心やさしい友がいたからこそ、完結することができました。

これからもよろしくね」

百枝ちゃん、清江ちゃん、栄子さん、幸子さんが琵琶湖へ旅行に行った時、栄子さんからラインで写真を送ってきたので、次のメッセージを返信した。

友の旅
あざやかな
ブルーのびわこ
行った気になり
うれしさや

美知子ちゃんが庭に咲いていたシクラメン、一本折れていたので小さな花瓶に一輪飾ったラインを見て、

花かざる心
あざやかな赤
シクラメン一輪

庭にタンポポが咲いていたので、

恋をした
タンポポの綿毛
彼のもとへ

さっそく琵琶湖の旅行から帰ってきた友達から、

わたげの
おみやげと
いいつつまた集う
にぎやかな宴
うれしさやうれしさや

三月三日
白髪の、おひなさまも、まだまだ青春
なんちゃって
レストラン集合
かしまし熟女？

清江ちゃん
オシャレは、一瞬のときめきと
若がえり
オシャレして、ルンルン気分で
若いつもり

このたびは、「近くて遠い国への手紙～懺悔の心より～」のご出版おめでとうございます。

テルミさんとの初めての出逢いは！

ピンポーン。チャイムを鳴らすと元気な声では～い！　現れた彼女はナイスバディな小柄な女性、タオルをターバンにして、お洒落なスーツ姿!!　お出かけですかと訊ねると、いいえ、掃除中との事！　なんとこの日から、半世紀近くのおつきあいになるとは……。

好奇心いっぱいのお洒落な彼女は、自称、純情可憐!!　若い頃には色々な人との出逢いがあったのでしょう！　何時も気さくで明るく振る舞う彼女でしたが、ある日ポツリと漏らした心の奥の切ない思い。日を追う毎にその熱い想いが溢れて、その青春の熱く切ない思いは、歳を重ねても、変わらず、あのときのままだったのでしょうか。大きな木に留まった蝉は、あの時、何を見て、何を思ったのでしょうか。きっと命が終わるその前に、思いの丈を語りたいと思われたのでしょうか！
何時も朗らかで一見派手に見えるけど実のところは良妻賢母！　優しい家族に囲まれて、テルミ～は今日もシャラリと街をいく。

清江

素敵な本に出合えば、皆で共有したり、感想を述べたり。
ちょっとした気くばりで、幸せを紡ぐ手になり、
早くあの世へ行ってしまった友もたくさん。
楽しい想い出が、いつまでも心に残っています。

昭和の電車に乗り、反省の青春時代へタイムスリップ。
昭和の音楽を聴き
若くて未熟な青春
素敵な青春
輝いていた青春
涙、涙の青春
消すことのできない、人生の旅路の一ページ

右手首骨折の後、後遺症がまだ残ってるのに、夢を見てから、ただ苦しい胸の内を、

がむしゃらに書き綴っただけ。
人の目に触れることになるとは思ってもいませんでした。
私らしく、生きてきて、ただ今、リチャード・クレイダーマンの曲に癒されながら
令和四年に戻ってまいりました。
私が旅立ちの時、「アメイジング・グレイス」の曲でさようなら
皆に幸あれと祈りグッバイ

人生の旅路
今日まで巡り会って下さった方に
ありがとう
そして素敵なお友達に
ありがとう

著者プロフィール

黒沢 輝美（くろさわ てるみ）

近くて遠い国への手紙 懺悔の心より

2023年７月15日　初版第１刷発行

著　者　黒沢 輝美
発行者　瓜谷 綱延
発行所　株式会社文芸社
〒160-0022 東京都新宿区新宿1－10－1
電話 03-5369-3060（代表）
03-5369-2299（販売）

印刷所　株式会社フクイン

ISBN978-4-286-24256-9